稲荷書店きつね堂

犬神書店員来たる

蒼月海里

角川春樹事務所

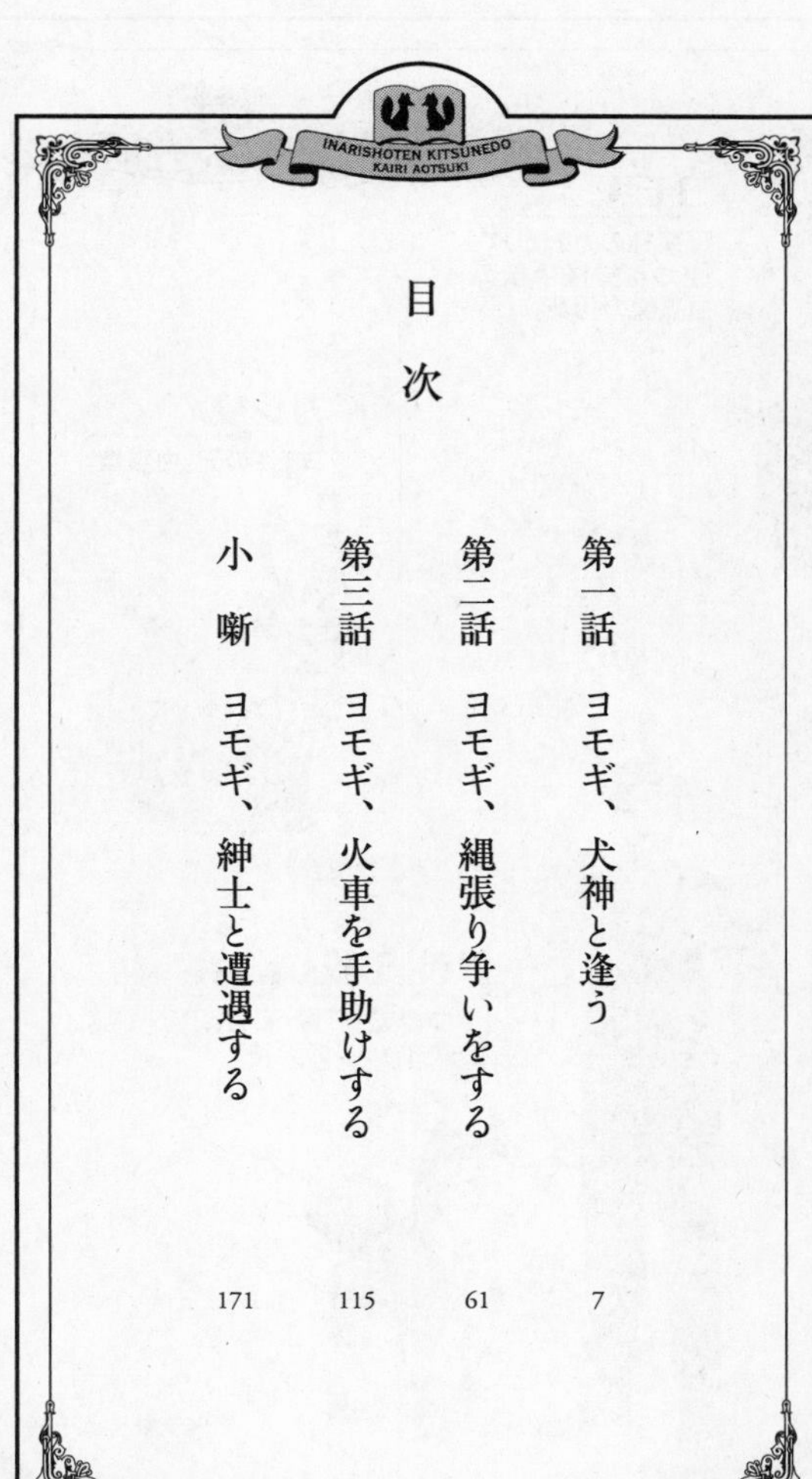

目次

ヨモギ

稲荷神の力を借りて
「きつね堂」を手伝う
白狐像の化身。

カシワ

ヨモギの兄。白狐像。

犬養 千牧 いぬかい ちまき

「きつね堂」で働くことに
なったイケメンの犬神。

イラスト／六七質

三谷 太一 みたに たいち
新刊書店で働く
アルバイト書店員。
田貫 菖蒲 たぬき しょうぶ
ご利益をビジネスとする
サラリーマン。狸の化身。
火車 かしゃ
罪悪感や火種に引き寄
せられるアヤカシ。
黒猫の化身。

第一話　ヨモギ、犬神と逢う

朝の日差しが降り注ぐ。

神田明神のお膝元にある小さな本屋さん『稲荷書店きつね堂』では、今日も男の子がせっせと働いていた。

本屋さんの敷地内には、お稲荷さんの祠がある。稲荷書店とは言い得て妙だと、立ち寄った客は思うことだろう。

そして、小さな身体にちょっと大きな書店員のエプロンをしている男の子の正体は、お稲荷さんの使いである白狐のヨモギだ。

『稲荷書店きつね堂』は、お爺さんが独りで経営しているお店だった。

そのお爺さんが病気で倒れ、お店を続けられなくなってしまったため、ヨモギはお爺さんの代わりに働いているのである。

しかも、ただお爺さんの代役をすればいいというものではない。経営が傾いていたお店を再建しなくてはいけなかった。

これは、ヨモギに課せられた使命というよりは、ヨモギが自ら課した使命であった。

「お爺さんの思い出が沢山詰った、大切なお店だもんね」

店先の掃除を終えたヨモギは、己にそう言い聞かせるように頷いた。

ヨモギが着ているエプロンは、お爺さんが使っていたものだ。長年、お店を見守って来た大先輩と仕事をしているような気がして、ヨモギの気持ちは自然と引き締まった。

箒を片付けると、敷地内にある祠へと向かう。

小ぢんまりとしたお稲荷さんの祠には、阿吽のうちの阿の白狐だけが鎮座していた。

「兄ちゃん」

ヨモギは阿の白狐――カシワに語り掛ける。すると、石像のカシワは動くことこそなかったものの、心の声でヨモギに応えた。

――今日も頑張れよ、ヨモギ。

「うん。一人でも多くのお客さんをお店に招かないと」

ヨモギは、小さな両手をぎゅっと握って頷いた。

――お客さん、少しずつ増えているみたいだな。

「そうだね。兎内さんのミニコミ誌が可愛いって、ネットでじわじわ話題になってるみたい。僕も、ＳＮＳでお店の情報を発信してるんだけど、フォロワーさんが少しずつ増えて来てる」

ヨモギはＳＮＳのアカウントを取得し、新刊の入荷やお店の様子などをぽつぽつと発信していた。勿論、アイコンは兎内さんが考案した、阿吽の狐のゆるキャラだ。

——バズればいいんだけどな。

「ばずる？」

——爆発的に拡散すればいいのに、っていうことさ。

そうすれば、お客さんが一気に増えるのに、とカシワは言った。

「でも、いきなり沢山増えても、お店に入らないかも……」

——まあ、いい客も悪い客も来るだろうしな。地道が一番だ。

「悪いお客さんなんているの？」

——正確には、そういう奴らは客じゃないけど。変な難癖をつけて来たりさ。まあ、世の中には悪い奴なんていっぱいいると思うし、お前も気をつけな。

カシワの眼差しは、何処となく心配そうだった。ヨモギの胸に、不安が過ぎる。

——そう言えば、お爺さんはまだ寝てるのか？

カシワの問いに、ヨモギは首を横に振った。

「ううん。さっきお散歩に行ったよ」

——寝てるのは俺の方か……。気を引き締めないとな。

「兄ちゃん、僕の分まで仕事をしてくれてるから……。ごめんね、負担を掛けちゃって」

——いいや、お前の方が大変だろ。俺のことは気にするな。

カシワは、ヨモギを慰めるように言った。それでも、ヨモギは祠の番人を兄ひとりに任せていることに責任を感じているのか、うつむいてしまう。

そんな時、ふと、店先に気配を感じた。

——お客さんかな。まだ、開店時間じゃないけど。

「僕、見てくるね」

ヨモギはカシワに手を振り、店先へと向かう。

開店まで、まだ時間があるけれど、出来る限りは応対しなくては、とヨモギは思う。

それが、後の売り上げに繋（つな）がるかもしれない。兎（と）に角（かく）、お店を再び盛り上げるには、地道な努力が必要だった。

「いらっしゃいま——せ？」

ヨモギは、店先にいた人物を見て首を傾（かし）げてしまった。どうやら、お客ではなさそうだったからである。

店先に立っていたのはスーツ姿の若い男性だった。つんと澄ました顔立ちは、目がまん丸のヨモギよりも狐らしい。

「菖蒲（しょうぶ）さん」

「どうも」

菖蒲と呼ばれた男性は、いかにも営業マンといった風に、人の好（よ）さそうな笑みを張り付けた。

彼の正体は化け狸(だぬき)だ。しかも、或(あ)る程度の神通力(じんつうりき)を持っており、それを利用してビジネスをしている。その一環として、きつね堂を貸店舗にしないかとお爺さんに持ち掛けていた。

「お、お店は貸店舗にしませんからね」

身構えるヨモギに、菖蒲は首を横に振った。

「分かってますよ。この店は、少しずつ活気を取り戻してますしね」

「それじゃあ……！」

貸店舗にすることを諦(あきら)めてくれたのだろうか。ヨモギの表情が期待に満ちる。

しかし、菖蒲の意図は別にあった。

「また潰(つぶ)れそうになったら、貸店舗の話を持ち掛けようかと」

「だだだだだめです！」

ヨモギは首をぶんぶんと横に振りながら、菖蒲にすがりつく。

「お爺さんのお店は渡しませんから！」

「ちょ、しがみつかないで下さい！　変な目で見られるじゃないですか！」

菖蒲は、往来で腰にしがみつくヨモギを無理やり引きはがそうとする。そんな様子を、道往(ゆ)く人々は微笑(ほほえ)ましげだったり、不審そうだったりしながら眺めていた。

ヨモギは小さな身体でしっかりとしがみついていて、引き離すのにはなかなかの時間を要した。

「まったく。変なところで根性がある……」

「伊達に、雨風に晒されていないので！」

「ああ、貴方は石像をしていた時期が長かったですしね。辛抱強さならば、一級品ですか」

菖蒲の言葉に、ヨモギはちょっと誇らしげに胸を張った。

「……皮肉も混じってたんですが」

「えっ、そうだったんですか⁉」

ヨモギは素直にショックを受ける。その、あまりにも純粋な反応に、菖蒲はすっかり毒気を抜かれてしまった。

「やれやれ。そんなにお人好しで大丈夫ですかね。この先、心配ですよ」

「経営はちょっとずつ持ち直してますけど、他に何か心配事でも……」

ヨモギは、不安そうに菖蒲を見つめる。菖蒲は周囲をぐるりと見渡したかと思うと、声を潜めて言った。

「悪い輩に騙されたり、無理を押し通されたりしないかと心配で」

「悪い……お客さんってことですか？」

「まあ、正確には客じゃないですけどね。客のふりをしてやって来る、悪意の塊です」

カシワも同じようなことを言っていたと、ヨモギは思い出す。

「何か、心当たりでもあるんですか？」

「世の中に悪い奴なんて沢山いますけどね。でも、最近はこの辺りで、詐欺が横行しているとか」

「詐欺……」

ヨモギは、全身の毛が逆立ちそうになるのを感じた。商売繁昌のご利益を齎すお稲荷さんにとって、忌むべきものだった。

「まあ、貴方は純粋ですが、簡単に騙されたりはしないと思います。しかし――」

「しかし？」

「どうにも押しに弱そうで。物理的な意味で、ですね」

実際の力がどうというわけではなく、見た目の問題だと、菖蒲は付け加えた。

「弱そうとか、心許なそうというのは、悪意がある者にとって恰好の標的になるんですよ。もし、最初は撃退出来たとしても、第二、第三の悪がやって来ないとも限らない。いくら、貴方が辛抱強いとはいえ、それだけの悪意を撃退出来ますかね」

「ううう……」

ヨモギは、祠を長年守ってきた。しかし、それは詐欺師からではなかった。

悪意のある人間が、それこそ複数やって来たら、ヨモギはお店とお爺さんを守れるのだろうか。

ヨモギは頭を抱える。菖蒲は、少しだけ心配そうな顔でそれを見つめていた。

「番犬でも置いたら、少しは違うんでしょうけど」

「ぼ、僕はイヌ科ですけど……！」

ヨモギは、ワンと鳴いてみせる。だが、店の前を通りかかった通勤中と思しき女性が、可愛らしいものを見る目を向けただけだった。

菖蒲は頭を抱える。

「それを言ったら、私もイヌ科ですが」

「じゃあ、一緒に番犬をやりましょう！」

ヨモギは、ぐっと拳を握る。

「嫌ですよ。私は店の者ではありませんし、仕事があるんです」

「そ、そうでした……」

「それに、貴方が番犬代わりになったとしても、せいぜい子犬程度の働きしか出来ないと思いますがね。他に番犬を探した方がいいですよ」

菖蒲の言うことは尤もだと、ヨモギも自覚していた。

ヨモギは狐の姿にもなれるが、菖蒲の言うとおり、子犬ほどの大きさだ。それで吠えたところで、首根っこを摘まれて放り出されてしまうだろう。

狐に摘まれるどころか、狐が摘まれては意味がない。

「番犬……」

「犬でなくても、用心棒がいればいいんじゃないですか？」

「でも、用心棒を雇うほどのお金がなくて……」

「まあ、そうでしょうね」

菖蒲は、古びた小さな店舗を眺めながら頷いた。

「今の時代だと、警備員ですか。本屋は万引きもありますし、一人でもいるといいんでしょうけど」

万引きと聞いた瞬間、ヨモギはまたも全身の毛を逆立てそうになった。

万引き——いわゆる、窃盗は書店にとって致命傷になる。

本一冊が売れたとしても、それが全てお店の利益になるわけではない。お店の利益はほんの一部で、あとは販売元や出版社のものとなる。

本を作るのには多くの人が関わっている。それだけ、多くの人に利益を齎す必要があるので、お店の取り分も少なくなってしまうのは致し方なかった。

本一冊には、関わった人達全ての生活がかかっていると言っても過言ではない。

だから、その一冊が盗まれると、その全ての責任が書店にのしかかってしまう。一冊の損失を取り返すのに、何冊も売らなくてはいけない。

万引きは、何としても防がなくてはいけないことだった。

「……盗みはさせません、絶対に」

ヨモギの目に闘志が宿る。それを見た菖蒲は、静かに頷いた。

「万引きの方は、貴方に任せることが出来そうですね。鼻も目も利きますし、窃盗団が数で勝負をしてこない限りは、何とかなりそうです」

問題は、と菖蒲は通りを見回した。

往来は至って平和で、通勤中と思しき会社員がのんびりと歩いていたり、携帯端末を弄っていたりするだけだ。お向かいの店先では、女主人であるお婆さんが掃除をしていて、学生達が重そうな鞄を手にしながらその前を通って行った。

「それ以外の、いいや、それも含めた悪意に目をつけられないことですね。子供と老人しかいない店なんて、隙だらけもいいところですから」

「早く、従業員を雇えるくらいのお店にならないと、ですね」

先は長そうだ、とヨモギは思ってしまう。

元々、お爺さん夫婦で経営していたお店だ。そもそも、従業員を増やすほどの規模でもなかった。従業員を雇うとなると、規模を大きくしなくてはいけないし、あまり現実的ではない。

「貴方は、大人の姿にはなれないんですか？」

菖蒲の言葉にハッとするヨモギだったが、すぐに項垂れてしまった。

「この姿が限界ですね……」

「大人に化けるというのは……」

「そういう修行を積んでいれば良かったんですけど」

「まあ、祠の番人にはあまり必要がないスキルですしね。余計なことを言いました」

失礼、と菖蒲は口を噤む。だが、ヨモギは首を横に振った。

「いいえ。色々とアドバイスをしてくれて、有り難う御座います。詐欺師のこと、注意しておきますね」

ヨモギはぺこりとお辞儀をする。「大したことはしてませんよ」と菖蒲は言った。

「まあ、通りすがった時に不逞の輩がいたら、多少は貴方達の味方をしてもいいかもしれませんね。私もイヌ科ですし」

菖蒲は冗談っぽく言い残し、きつね堂の前から去っていく。その背中が見えなくなるまで、ヨモギは手を振って見送っていた。

「なんだかんだ言って、菖蒲さんはいい人だよなぁ……」

人ではなくて、狸だけど。

ヨモギはそう思いながら、改めてきつね堂を見やる。

小ぢんまりとした古いお店には、逃げ場もないし隠れる場所もない。ヨモギがひとりでお店のお手伝いをし、お爺さんが時々顔を覗かせるという流れは、店の外から丸見えだった。

「案山子でも作った方がいいかな……」

せめて、もう一人いると見せかけられれば、とヨモギは思案する。

そうしているうちに、店に近づく足音が聞こえた。お爺さんのものだ。

「お帰りなさい！」

お爺さんを迎えようとしたヨモギの目に入ったのは、お爺さんとその隣に――。

「い……ぬ……？」

大きな秋田犬だ。むくむくした毛並みで、どっしりとした四肢でのそのそと歩いている。

普通の秋田犬よりも、遥かに迫力があった。

「お爺さん、その子は……」

「ひとりでいて寂しそうだったからね。構ったらついて来たんだ」

お爺さんは、秋田犬の頭を一撫でする。すると、秋田犬は心地よさそうに頭を擦り付けた。

番犬。

ヨモギの脳裏に菖蒲との会話が過ぎった。

これほど大きな犬ならば、番犬としても通用するだろう。幸い、お爺さんには懐いているようだし、店を守ってはくれないだろうか。

ヨモギはそう思いながら、秋田犬に手を伸ばす。

「こ、こんにちは……」

ヨモギの小さな手が秋田犬に触れようとしたその時、なんと、秋田犬が牙を剝いて唸り始めたではないか。

「ウウー！」

「えっ！」

ヨモギは咄嗟に手を引っ込める。お爺さんもまた、秋田犬を制止した。

「めっ。その子は私の大事な――」

だが、秋田犬はヨモギを凝視したまま、ぶるりと身体を震わせる。

次の瞬間、その毛並みはより猛々しくなり、その身体は一回りも二回りも大きくなった。

「え、ちょ、これって……」

ヨモギは、お爺さんをかばうように下がる。

お爺さんについて来た秋田犬は、ただの犬ではなかった。

秋田犬はナイフのように鋭利な犬歯を剝き出しにし、ギラギラした目つきでヨモギを見下ろした。巨大化した秋田犬は、もはや異形であった。

「ど、どうしたんだ、一体」

お爺さんは、拾い犬の豹変っぷりに腰を抜かしそうになる。

「これはきっと、アヤカシです……！」

「な、なんと……！」

お爺さんは、開いた口が塞がらない。ヨモギもまた、異形の犬と対峙する。相手を、見極めるために。

「もしかして、このひと……」

「ウウウ……」

異形の犬は、ヨモギに対して敵意を剝き出しにする。唸り声をあげると、大きな口を開けて飛び掛かった。

「ワン、ワン！」

「犬神だー！」

ヨモギは咄嗟に飛び退く。犬神はヨモギがいた場所に突っ込み、アスファルトの道路をえぐった。

「犬神……」

お爺さんは、犬神を見ながら息を吞む。

「そうです。犬神憑きの家を守る犬のアヤカシです。僕達のように神通力を持ちますけど、このひとは……！」

犬神は、犬神憑きの家に憑くものだ。だが、ヨモギの目にはその繋がりを捉（とら）えることが出来なかった。

もう、家との縁が切れている。

それに気づいたヨモギは、野良犬神に同情の眼差しを送った。

野良になった犬神は、早く憑ける家を見つけなくてはいけない。そうでなくては、ケガレに包まれて災厄の種となってしまう。

どうにかしなくては。

しかし、ヨモギの気持ちに反して、犬神は敵意を剥き出しにしながらヨモギをねめつけた。

「ひえっ、どうして……⁉」

お爺さんの方には見向きもしない。ヨモギを狙（ねら）っているのは明らかであった。

犬神は、頭に付いたアスファルトの破片をぶるぶると落とすと、改めてヨモギに狙いをつける。

「ま、ま、待って下さい！　どうして僕を狙うんですか……！」

「それは、お前が害獣だからだ！」

牙を剥いた犬神は、高らかに吼（ほ）えた。

「喋（しゃべ）った！」

ヨモギとお爺さんの声が重なる。吼えてばかりなので、喋れないと思っていたのだ。だが、犬神がコミュニケーションを試みたのは一瞬で、再び唸り声をあげてヨモギににじり寄る。ヨモギは、じりじりと後退した。

「害獣じゃないです……！　僕はお稲荷さんの使いで……」

「黙れ！　そんな嘘に騙されるか！　この詐欺師め！」

「僕は詐欺師じゃない！」

まさかの濡れ衣だ。ヨモギは思わず声を裏返す。

「こら、やめんか！」

お爺さんはふたりの間に割って入った。今度は、お爺さんがヨモギをかばうように、立ちはだかる。

「お爺さん……！」

ヨモギが無茶はやめるよう促すが、お爺さんは一歩も譲らなかった。

「どくんだ、じいさん！　そいつは狐だぞ！　作物を食い荒らして、人を騙す奴だ！」

犬神はお爺さんに鼻先を突きつける。

犬神の口は大きく、お爺さんの頭を丸呑みしてしまうくらいだったけれど、お爺さんは断固としてどかなかった。

「ヨモギは私の大切な家族だ。私の思い出を守るために、本屋を再建しようとしてくれているし、人を騙すような子じゃあない」

「だが……！」

犬神は食い下がる。

すると、お爺さんは優しく、包み込むように、犬神の鼻先をそっと撫でた。

「どうしてもというのならば、ヨモギのにおいを嗅いでみなさい。君も神通力を持つ者なら、この子の清らかさがきっと分かるだろう」

お爺さんは、立ち尽くすように成り行きを見守っていたヨモギを手招きする。ヨモギがおずおずと前に進み出ると、犬神はその大きな鼻先をずいっと近づけた。

「ひゃっ」

生暖かい鼻息が、ヨモギの身体を吹き飛ばしそうになる。ヨモギは驚きのあまり、狐の耳を飛び出させそうになったが、頭をぎゅっと押さえて我慢した。

「ふんふん……」

犬神が、執拗に鼻をひくつかせる。ヨモギは緊張のあまり、全身から汗が噴き出すのを感じた。

「確かに、稲荷明神のにおいがする……」

「そうだろう？　この子はお稲荷さんの使いなんだ。さあ、その剥き出しの牙をしまって」

お爺さんは、犬神の鼻先を撫でながら諭す。

犬神は「くぅ～ん」としおらしく鳴くと、見る見るうちにしぼんでいき、やがて、お爺さんに連れられていた時の大きさに戻った。

「よし、いい子だ」

お爺さんは犬神の頭を撫でてやる。犬神は、嬉しそうに尻尾を振った。

往来を往く人達は、ちらちらとヨモギ達を見やるが、「なに、今の」「犬が吠えていたみたい」と何てこともない顔をしていた。犬神の妖術なのか、変化した姿が見えたのは、ヨモギとお爺さんだけだったらしい。

「俺がいた家では、狐は害獣だったんだ……。ごめんな」

犬神は、ヨモギの前まで歩み寄ると、申し訳なさそうに耳を伏せた。

「う、ううん。大丈夫。ちょっとびっくりしたけど」

ヨモギは、手のひらに掻いた汗を服の裾で拭いつつ、笑顔を作ってみせた。

「店先もこんなにしちまって……」

犬神は、少しへこんだアスファルトを見やる。だが、お爺さんは、「後で、みんなで直せばいいさ」と笑い返した。

「それにしても、この時代の都心で犬神って珍しいような……。何処から来たの？」

ヨモギは犬神に問う。すると、彼は尻尾を垂らして項垂れたまま、身の上を話し始めた。

犬神の名前は、犬養千牧という。

犬養というのは、彼が憑いていた犬神憑きの家の苗字だった。

千牧は、由緒ある犬神憑きの家系を守っていた。だが、その家も或る日絶えてしまい、千牧は居場所をなくしてしまったのである。

「絶えてしまったって、どうして……？」

ヨモギは遠慮がちに問う。お爺さんに促され、店先から店の中へと移動した千牧は、項垂れながら答えた。

「家を継ぐ人間がいなかったんだ。娘さんが一人いたんだけど、結婚して姓を変えちまって」

「あー、成程……」

ヨモギとお爺さんは、納得と同情が混じった声をあげる。

「本当は、婿を貰って家を継ぐはずだったんだ。でも、田舎暮らしが嫌だからって、東京に……」

「それじゃあ君は、東京ではないところから来たんだね」

ヨモギの問いに、千牧は頷く。

「娘さんが憧れた東京が、どんな場所か知りたかったんだ。山を下りて、川を下って、時にはトラックに乗せて貰って、ここまで来たんだ」

「ちゃんとヒッチハイクしてる……」

トラックに乗せて貰った件(くだり)は、ちょっと楽しそうだなとヨモギは思ってしまった。

「それで、神田明神の前で倒れていたということか……」

お爺さんは、千牧の頭を撫でながら言った。

曰(いわ)く、お爺さんは神田明神の辺りまで散歩に行ったところ、鳥居の下で倒れている千牧を見つけたのだという。

最初は行き倒れて死んでいるのかと思ったそうだが、お爺さんが近づくと耳を動かしたので、まだ生きていると判断したという。

お爺さんがそっと撫でてみると、千牧は顔を持ち上げた。そこで、お爺さんの手をぺろぺろと嬉しそうに舐(な)めたとのことだった。

「俺も、犬養家では神様として祀(まつ)られていたんだけど、東京はもっと強い神様がいっぱいでさ。気圧(けお)されたっていうか、気疲れしたっていうか、でも、神社のハレの気は心地いいから、つい、寄りかかっちまって……」

「その気持ちは、ちょっと分かる気がする」

ヨモギもまた、他の神様の気を心地いいと思ったことがあった。境内(けいだい)に満たされたハレの気を浴びに、神田明神や他の神社へと散歩に行くこともある。

だが、ふと、ヨモギは気になった。

それだけのハレの気を浴びられる場所なのに、千牧が死んだようにぐったりしていたということに。

本来ならば、元気になるはずなのに。

「千牧君、君はもしかして……」

気が尽きかけてる？

そう質問するのは憚(はばか)られた。そうでなければ良いのだが、そうであっても、なす術(すべ)がないからだ。

ヨモギのようなお稲荷さんの使いも、千牧のような犬神も、気が枯れてしまえばケガレとなってしまう。千牧は、その寸前なのかもしれない。

千牧は、ため息を吐(つ)くように「クゥン」と鳴くと、のそりと立ち上がって歩き出した。

「どこへ行くんだ？」

お爺さんは心配そうに問う。すると、千牧は少しだけ振り返って、こう言った。

「迷惑をかけちまったからな。それに、この家にはお稲荷さんの使いがいる。俺の居場所はなさそうだ」

「えっ、待って……！」

ヨモギは呼び止めようとする。だが、千牧は進行方向を向いたかと思うと、トボトボと歩き出した。

お爺さんも、呼び止めるタイミングを見失っていたようだった。戸惑うような表情で、千牧の背中を見送っている。

ヨモギはちらりと、壁掛け時計を見た。

開店時間まで、まだちょっとある。

「お爺さん、僕、千牧君を追いかけて来ます！」

ヨモギはそう言って、千牧が立ち去った方へと走って行ったのであった。

千牧はよろよろと歩いて行く。おぼつかない足取りで、いつ倒れてもおかしくない。

それなのに、ヨモギはなかなか追いつけなかった。千牧は大柄なので、一歩一歩が大きいのだ。

だけど、原因はそれだけではない。

ヨモギ自身が、無意識のうちに千牧に追いつくことを躊躇（ちゅうちょ）しているようだった。

（僕だって、千牧君のようになるかもしれなかったんだ……）

お爺さんがいなくなり、祠が放置されてしまったら、カシワと共に浮世をさまようことになっていたかもしれなかった。その先で、誰かに手を差し伸べられなかったら、ケガレに満たされてしまっていたかもしれなかった。

そう考えると、千牧はあまりにも他人事（ひとごと）とは思えなくて、気軽に触れてはいけないような気もしてきたのである。

「でも……」

ヨモギは早足になる。

千牧はおぼつかない足取りのまま、近所の甘味処の前を横切ろうとする。だが、ふと、足を止めてしまった。

「あっ……」

ヨモギもまた、鼻をひくひくさせて立ち止まる。ほのかに、揚げたお饅頭の匂いがしたからだ。

甘味処の店構えは風情があり、立派な瓦屋根と石灯籠が印象的だった。東京都選定歴史的建造物に指定されている、『竹むら』という昭和初期から続く老舗であった。

開店前なので入り口は閉ざされているが、中からは人の気配がする。仕込みをしているのだろう。

「……お腹、すいたの？」

ヨモギは千牧に追いつく。

「……別に」

千牧は、プイッとそっぽを向いてしまった。しかし、その脚は後ろ髪を引かれるように、店の方に向いてしまっている。

そんな気持ちを隠すかのように、千牧はぷるぷると首を横に振った。

「追って来るなよ。俺は、別のところに行くから」

「でも、放っておけなくて」

「お前がいるべき場所は、あっちだろう？」

千牧は鼻先で、きつね堂の方を示したかと思うと、再びヨモギから逃れるように歩き出す。

ヨモギは、迷わずに千牧を追いかけた。

やがて、ふたりは神田川沿いの通りに出る。

通勤中のビジネスマンがちらほらと歩く中、千牧は目の前に見えた煉瓦(れんが)造りの建物に、

「おおっ」と足を止めた。

「あっ、こっち側は通ってこなかったんだ……」

お爺さんと歩いて来たのは、別のルートらしい。突如現れた煉瓦造りの建造物に面食らっている千牧の横に並ぶと、「これは万世橋(まんせいばし)駅の跡なんだって」と説明した。

煉瓦造りの建造物は、アーチ型の高架橋を改築したものだった。内部には商業施設が入り、モダンな造りになっている。

「万世橋……駅？　跡ってことは、ここに駅があったのか？」

「うん。かなり昔にね」

建物と並行する線路には、今も現役の列車が走っていた。しかし、近くに駅は見当たらず、列車は素通りしてしまった。

「ここには昔、万世橋駅と呼ばれた駅の煉瓦造りの駅舎があって、路面電車や人力車が頻繁に通ってたんだって」

それは、明治四十五年のことだった。

万世橋駅は、中央線の起点駅として開業したという。

そしてその駅前には、須田町(すだちょう)交差点と呼ばれる路面電車のジャンクションがあったらしい。何せ、この場所は、主要な地域へと繋がる道が集まる場所だったからだ。

ヨモギの説明を聞いていた千牧であったが、いまいちピンとこない様子であった。

無理もない。今の万世橋駅跡には、路面電車どころか、タクシーすら停(と)まっていなかった。

「……本当か？」

「う、嘘じゃないよ、多分！　お爺さんに聞いた話だし、本にもそう書いてあったし！」

「じいさんが言ってたなら、本当だな」

千牧は納得したように頷いた。

「今となっては、見る影もなくなっちゃったけどね。路面電車だって、走る地域がずいぶんと減っちゃったし。そもそも、この先に東京駅が出来ちゃったから。賑(にぎ)わいも、全部あっちに行っちゃったみたい」

「そっか、寂しいな……」

千牧は思うことがあったのか、尻尾をだらんと下ろして力なく振った。

「しかも、関東大震災で駅舎が焼失しちゃって。それで建て替えられた駅舎は、煉瓦造りの華やかな駅舎とは違って、実用性があるシンプルな建物だったんだ。震災自体と、震災後の復興計画で、街並みも随分と変わってしまって……」

「何事にも、終わりはあるってことか」

「うん……」

千牧の言葉に、ヨモギは力なく頷いた。

「だけど、今は今で、賑わいもあるしね。あっちにあるのが、万世橋なんだけど」

ヨモギは、煉瓦造りの建物の向こうにある、石の橋を千牧に見せる。

神田川をまたぐ橋は立派で、その上を色んな人や自動車が行き来していた。

万世橋の先には、華やかな秋葉原の街が見える。更に先には、上野があるはずだ。

「昔は、上野に向かう人は少なかったから、あの辺りは人通りが少なかったんだって。でも、今は秋葉原が賑わっているし、上野もターミナル駅になってて賑やかだから」

「時代が変われば、賑わう場所も変わる……」

千牧の言葉に、ヨモギは頷く。

「犬養家の娘さんも、時代が変わって賑わう場所に行っちまって……」

「あっ……」

千牧は遠い目をしていた。そこには、哀愁が漂っていた。

逆効果だったかなと口を噤むヨモギをしり目に、千牧は再び歩き出す。

「千牧君……っ！」

ヨモギは千牧を呼び止めようとするが、千牧はヨモギの目から逃れるように、万世橋の人込みの中へと消えて行ったのであった。

千牧は何処へ向かっているのか。

小さなヨモギは、万世橋の上を往く人達を掻き分けながら、千牧の背中を探した。秋葉原は人の波が激しい。その中に紛れてしまっては大変だ。

焦るヨモギの目に、対岸にいる千牧の姿が映る。水道橋（すいどうばし）方面に続く坂道を、のろのろと歩いていた。

「もう、あんなところに……」

千牧の歩みが遅くてもペースが速いのは、人込みの足の間をすり抜けられるからだろう。

ヨモギも、いっそのこと子狐になってしまおうかと思ったが、珍しがられて捕まえられてしまうのがオチだと思ってやめてしまった。

万世橋を抜ければ、随分と人通りが少なくなった。ヨモギは駆け足で千牧に追いつき、横に並ぶ。

「なんでついてくるんだ」

「言ったでしょ。君を放っておけないって」

「俺に構っても、いいことはないぞ」

千牧はそう言い切って、足を速めた。舗装された道路に千牧の爪(つめ)が当たる音が、独特の足音を奏でている。

坂道になると、千牧は少ししんどそうな様子だった。それでも、ペースを落とそうとしない。ヨモギを振り切りたくて仕方がないといった風だった。

やがて、神田川にかかる大きな橋が見える。美しい曲線を描く、白い橋だ。

「俺、じいさんとあの橋を渡ったんだ」

「成程。聖橋(ひじりばし)から来たんだ……」

その橋は、聖橋といった。

すぐ近くには、寄り添うような御茶ノ水(おちゃのみず)駅が見える。御茶ノ水駅の近くを経由しても、きつね堂には着くのだ。

ヨモギが聖橋に気を取られているうちに、千牧はさっさと足を進める。「ま、待って！」とヨモギは懸命に坂道を駆け上った。

千牧が向かう先には、神田明神があった。千牧が鳥居の前で立ち止まったところで、ヨモギはようやく追いついた。

「捕まえました！」

「そこをどけ」

両手を広げて制止するヨモギを、千牧は鼻先で押しやろうとした。

「迷惑をかけただろ？　それに、あそこはお前の居場所だ。つい、じいさんに憑いて行っちまったけど、俺が行くべき場所じゃなかったんだ」

「そんなこと……！」

ヨモギは首を横に振る。

「とにかく、お店に戻ろう。お爺さんに、あそこにいていいか聞こうよ」

「だけど、俺がいたら、お前が持っているご利益に干渉しちまうかも」

「えっ、それって……」

ヨモギは目をぱちくりさせる。「気づいてなかったのか」と千牧は、鼻からため息を吐いた。

「俺は犬神。お前はお稲荷さんの使い。祠の規模からして、多分、実力は同じくらいだ。だからこそ、お互いが持つご利益が干渉し合い、相殺するかもしれねぇ」

「そんなこと、あるの……？」

愕然とするヨモギに、千牧は「ある」と答える。

「犬養家が一時期、別の神様も祀ったことがあったんだ。その時に、俺の力と干渉し合って、どっちのご利益も発揮出来なかった。それで、防げるはずの大病を防げず、子供が一人逝っちまったことがあったよ」

千牧は項垂れる。まるで、自分を責めるかのように。

目的が同じでも、手段が違えば邪魔し合うこともある。

犬神の役目は、家を栄えさせることだ。商売繁昌もそのうちの一つだろう。

だとしたら、ヨモギと干渉し合うかもしれない。そうなったら、お爺さんを助けることも出来なくなるかもしれない。

「それは、困るかな……」

「だろ？　ご利益を持つ存在は、一家にひとつが丁度いいんだ。欲張るもんじゃねぇ。お互いに」

人間も欲張るべきではないし、ご利益を持つ存在もまた、寄り集まればいいというわけではないのだろう。

千牧は今度こそ去ろうとする。だが、ヨモギは諦めることが出来なかった。

「待って！」

ヨモギは思わず、千牧の尻尾を摑んでしまう。千牧は、「ギャン！」と悲鳴をあげた。

「痛いじゃねーか！」

「ご、ごめんなさい」

ヨモギは土下座をせんばかりに頭を下げる。

「他に、方法があるんじゃないかと思って……」

「お前、どうしてそんなに俺に構うんだよ」

千牧は耳をぺったりと伏せる。気まずそうに目をそらす千牧を、ヨモギは真っ直ぐ見つめた。

「他人事とは思えなくて。僕も、一歩間違っていたら同じ立場になっていただろうから」

「……何か、あったのか？」

千牧は、耳をぴんと立てる。

「うん、ちょっとね。聞く？」

「ああ」と千牧は頷いた。

ヨモギは、お爺さんが倒れてしまった時のことを千牧に話す。

ヨモギが人間の姿になり、通りすがりの書店員である三谷や通行人の力を借りたからこそ、今の状態があるということを。

「そっか。お前も大変だったんだな……」

「一番大変だったのは、お爺さんだけどね」

「違いねぇ」

ふたりは、いつの間にか、近くにあった階段に並んで座っていた。

ヨモギから詳しい事情を聴いた千牧は、遠くを眺めながら、ぽつりぽつりと話し出す。

「もし、じいさんの家に世話になるとしたらさ、他にも、気になっていることはあるんだ。それは、俺達を維持するものさ。俺は生身じゃないから、飯を食わなくてもいいけど、祀られないと力は発揮出来ないし」

「お爺さんは信心深いから、きっと大丈夫」

何せ、毎日お稲荷さんの祠の面倒を見てくれた人だ。

自信満々のヨモギだったけれど、千牧の表情は晴れなかった。

「信心深そうだっていうのは、ちょっと話を聞けば分かったさ。だけど、いくら信心深いとはいえ、二倍の信仰心を捻(ひね)りだせるとは限らない。それに――」

千牧はそこまで言うと、口を噤んだ。

「それに？」

「いいや。なんでもねぇよ」

千牧は、プイッとそっぽを向いてしまった。

「言って。もしかして、それが、千牧君が一番心配してることなんじゃないの？」

ヨモギは、千牧の首にしがみつかんばかりに食い下がった。

千牧はしばらくの間、断固として口を開かなかったが、ヨモギもまた千牧をじっと見つめたままだったので、観念したように話し出した。

「別れが、怖いから」

「あっ……」

ヨモギは、千牧が言わんとしていることを察する。

千牧は、犬養家を何代か守って来た犬神だ。多くの出会いに恵まれただろうが、それと同じくらいの別れも体験したことだろう。

「じいさんと一緒にいられる時間、少ないだろ？」

「う、うん……」

持病もあるし高齢で、もう無理が利かない身体だ。無事にお店が再興出来たからと言って、お爺さんの持病が治るわけでもないし、寿命が延びるわけでもなかった。

ヨモギも、その事実から目を背けていた。

今、お爺さんと共に過ごせる時間が楽しくて、いつか来る別れのことを考えないようにしていたのだ。

現実を突きつけられたヨモギは、うつむいてしまう。そんなヨモギを見て、千牧は申し訳なさそうに続けた。

「見守って来た人間が死ぬの、本当に悲しいんだ。俺の役目は、浮世にいる人間を守ることだから、常世に旅立った人間に憑いて行けないしな。お盆になったら会えるけど、ほんの数日間だし……」

ヨモギも千牧も、常世の存在ではあるが、縄張りは浮世だ。浮世の人間にご利益を齎すべく存在している。だから、彼岸には行けなかった。

「お前は、限られた時間をじっくりとじいさんと過ごした方がいい。俺がいたら、じいさんは俺の面倒も見たがるだろ？　そしたら、お前との時間が減っちまうじゃないか」

千牧は、ヨモギのことも案じていた。別れる辛さを知っているからこその、優しい気遣いだった。

それが余計に、ヨモギにとって千牧を放っておけない存在にした。千牧の前脚をぎゅっと握ると、彼に向かってこう言った。

「じゃあ、ちょっとでもお爺さんが長生き出来るように、一緒に頑張ろう！」

「えっ」

千牧は目を丸くする。

「お前、今までの話を聞いてたのかよ……？」

「聞いてたよ。でも、案ずるより産むが易しだよ。一通りやってみてから、どうしたらいいか決めよう！」

ヨモギと千牧の力が干渉し合うかもしれない。今まで通りのお爺さんの信心が受け取れないかもしれないし、お爺さんとの時間も減るかもしれない。

だけど、ヨモギと千牧が協力し合うことが出来るかもしれないし、三者が揃うことでまた違う喜びに会えるかもしれない。

全ては、やってみなくては分からない。

それに、取り返しがつかないことは限られている。そんな事態にさえならなければ、どうにでもなるはずだ。

「お前、もっと慎重派だと思ったのに……」

千牧は、唖然としたように言った。

「慎重になるのも大事だと思うけど、一歩進まないと何も起こらないから」

それこそ、いいことも悪いことも。

ヨモギが言わんとしていることを察したのか、千牧は「そうだな……」と頷いた。

「俺もうじうじ悩むのはやめだ！　らしくもねぇことしちまったぜ」

千牧は大きな身体を、厄払いでもするかのようにぶるぶると豪快に震わせる。ふわふわの毛並みに付いた土埃も全部払い落として、千牧はすっきりした表情でしっかりと大地を踏みしめた。

「店に戻るよ。じいさんと話もしたいし」

「うん！」

ヨモギは破顔すると、千牧を誘導するべくきつね堂へと歩を進めた。

気が枯れかけている千牧の足取りはゆっくりで、途中で小休止は必要だったけれど、それでも、一歩一歩確実に踏み出していった。


ふたりがきつね堂に辿(たど)り着いたのは、開店時間ギリギリであった。

店の前には、もう既に人影がある。ヨモギは、「しまった」と顔を覆った。

だが、ヨモギの隣にいる千牧の様子がおかしい。「ウーッ」と牙を剝いている。

「どうしたの？」

「あいつ、胡散臭(うさんくさ)いぞ」

店の前に立っていたのは、ビジネスマンと思しきスーツ姿の男だった。

同じくビジネスマン風だが、少々顔立ちがきつい菖蒲とは違い、いかにも人懐っこく人が好さそうな顔をした人物だった。

一見すると、真面目(まじめ)で優しそうという好印象を抱く。だけど、ヨモギは違和感も覚えた。

「えっと、いらっしゃいませ……？」

ヨモギが歩み寄ると、男は「どうも」とにっこり微笑んだ。

「お客様、ですよね？　開店時間になりますので、今開けま――」

「いいえ。実は私、銀行員でして」

男は、ヨモギに名刺を差し出す。そこには、男の名前と思しき人名と、よく聞く銀行名が書かれていた。

「銀行員さんが、どうしたんですか？」

ヨモギは、名刺を受け取りながら問う。すると、男は困ったように眉(まゆ)を下げた。

「お爺さまの口座が、詐欺師に悪用されましてね。それで、キャッシュカードを交換する必要があるのです」

だから、今のキャッシュカードを受け取りに来たのだという。詐欺師と聞いて、ヨモギは菖蒲の話を思い出した。

ヨモギは、顔を青ざめさせながら問う。

「それは大変ですね……。お爺さんには言いましたか？」

「勿論。今、キャッシュカードを取りに行って貰っているところです」

男が説明しているうちに、店の奥からお爺さんの足音が近づいてきた。お爺さんもまた、ヨモギと同じように蒼白(そうはく)になり、震える手でキャッシュカードを携えている。

「これで、いいんですかね？」

お爺さんが手にしたキャッシュカードを見て、男はほくそ笑んだ。

「ええ。ご協力有り難う御座います。手続きには暗証番号が必要なので、こちらにご記入ください」

男はメモ帳を手渡し、キャッシュカードを受け取ろうとする。

だがその時、千牧が猛々しく吠えた。

「ワンワン！」

一同は目を丸くする。

イヌ科のヨモギには、千牧が言わんとしていることが理解出来た。彼は、「こいつは詐欺師だ」と訴えていた。

「お爺さん、いけない！　その人は詐欺師です！」

「なんだって……⁉」

お爺さんは、キャッシュカードを引っ込めようとする。だが、詐欺師がひったくる方が早かった。

「あっ……！」

お爺さんはバランスを崩して転倒しそうになり、その隙に、詐欺師は逃走を試みる。

ヨモギは一瞬だけ躊躇したが、お爺さんを支える方を選んだ。

「大丈夫ですか……！」

「あ、ああ。有り難う……」

ヨモギは小さな身体でお爺さんを支え、何とか体勢を元に戻す。逃げる詐欺師には、千牧が飛び掛かった。

「ウー、ワン！」

千牧は詐欺師の腕に食らいつこうとするが、勢いが少し足りなかった。「邪魔だ！」と詐欺師に顔を殴打され、「キュゥン！」と悲鳴をあげて地面に転がる。

「千牧君！」

「なんたること……！」

ヨモギとお爺さんが悲鳴をあげる中、詐欺師は近くに停めていたワゴンに乗り込もうとする。キャッシュカードを受け取ったら、それに乗って逃げるつもりだったのだろう。

お爺さんはそれを追いかけようともせず、千牧に駆け寄った。

「大丈夫か……⁉」

「すまねぇ、じいさん……。こんな状態じゃ、たいして役に立てなかったみたいだ……」

千牧は、うめくように言った。

「俺のことより、あいつらをどうにかしなくていいのか。あのカード、じいさんにとって大切なものなんだろ……？」

「お前さんよりも大事なものじゃないさ……」

お爺さんは、道路に転がる千牧をそっと撫でてやる。痛みを和らげるように、慈しみを以(も)って。

「どうして、そんな……」

「当たり前だろう。お前さんはもう、うちの子なんだから」

うちの子。

その言葉を聞いた瞬間、だらりと垂れた千牧の四肢がピクリと動いた。見る見るうちに力に満ち溢れ、大きな身体をしっかりと支えながら立ち上がる。

あまりの変貌っぷりに、お爺さんもヨモギも目を丸くした。

だが、千牧に明らかに力が漲っているのを目の当たりにし、ヨモギは目を輝かせる。

「もしかして、縁が結ばれたの……？」

千牧はヨモギの方を振り返ると、静かに頷く。

「ああ。じいさんが、俺のことを家族だと認めてくれたから……」

「そっか」とヨモギは顔を綻ばせた。

「悪いな。何の相談もなく結んじまって」

「ううん。良かった」

ヨモギは微笑む。一方、お爺さんは何があったのか理解出来ず、キョトンとしていた。

だが、そうしているうちに、ワゴン車は走り去っていた。丁度、路地の角を曲がって消えるところであった。

「追わないと……！」と無謀にも走ろうとするヨモギの肩を、ポンと千牧が叩いた。

「大丈夫。俺に任せろって」

「でも……」

いくら大型犬ほどの千牧でも、走って追いつける距離ではない。

そう言おうとしたその時だった。ヨモギが、自分の肩に乗せられたものが、前脚でないと気づいたのは。

「あれ、もしかして……」

ヨモギの肩には、人間の手が乗せられていた。大きくて、頼りがいがある手だ。

「千牧君⁉」

ヨモギは目をひん剝きながら振り返る。そこには、人懐っこい顔立ちであるが、頼もしい目つきの青年が立っていたのであった。

詐欺師のワゴン車は、靖国（やすくに）通りをひた走っていた。

車内では、あのビジネスマン風の男が、キャッシュカードをひらひらさせながら運転手と話をしていた。

「それにしても、ビックリしたな。犬を飼ってるなんて聞いてないぜ」

「じじいと孫の二人暮らし、だっけ？　報告に漏れでもあったんじゃないか？」

「ま、いいか。キャッシュカードは手に入ったし。あのくらいの爺さんだと、凍結させるまでに時間がかかりそうだし、そのうちに金を下ろそうぜ」

ビジネスマン風の男はそう言って、助手席からATMがありそうな場所を探した。

「暗証番号は聞けたのか？」

「孫に邪魔されちまったよ。でも、暗証番号なんて、生年月日とかパターンが決まってるだろ？　個人情報もあるし、それっぽい番号を入れればいい」

「まあ、そうか」

運転手は、交差点の信号が赤になったのを見て、車を停めようとする。

その時だった。フロントガラスを目がけて、影が降り立ったのは。

「ちょ、おい！」

停車したワゴンを目がけて落ちて来たのは、人だった。

分厚い靴底はフロントガラスをぶち抜き、車内をガラスの破片まみれにする。

「わわわわわっ！」

運転手は車を発進させようとハンドルを握るが、その手は大きな足に踏みつけられた。

詐欺師はドアを開けて逃げようとするが、大きな手に首根っこを引っ摑まれてしまう。

「よし。二人とも確保、ってな」

「ひええ……」

詐欺師も運転手も、情けない声をあげる。

飛び降りて来た人物は、青年の姿をした千牧だった。

その背中には、ヨモギがしっかりとしがみついていて、千牧の大胆過ぎる行動を見て目を白黒させていた。

「案内ありがとよ。お陰で、こいつらの車に早く辿り着けたぜ」

千牧は、犬歯を見せながらヨモギに微笑む。

ヨモギは青ざめた顔で、震えながら頷いた。

「お、お役に立てたのなら何より……」

ワゴンはすっかり遠くに行っていたが、ヨモギはここのところ、時間を見つけては散歩に行っていたので土地勘があった。

きつね堂周辺は、細い通りが多い場所だ。早く逃げるのなら、大通りである靖国通り方面に向かうだろうと予測し、その方角を千牧に教えたのだ。

まさか、千牧が建物の上を走って、近道をするとは思わなかったが。

「な、なんなんだ、お前は！」

詐欺師は情けない悲鳴をあげながら、手足をじたばたさせる。千牧はそれに答えず、手にしていたキャッシュカードをひょいと取り上げた。

「じいさんのカードは返して貰ったぜ。これに懲りて、今後は悪いことなんてやめるんだな」

詐欺師は、「ひぃひぃ」と悲鳴とも返事ともつかない声をあげた。

一方、ヨモギは、周囲の車や往来からすっかり注目を浴びていることに気づく。

千牧の背中からこっそりと飛び降りると、隣の車線に停車していた車の窓ガラスをノックした。

隣の車の運転手は、壮年の男性だった。丁度、携帯端末で千牧達の写真を撮っているところであった。

ヨモギにノックされて驚きつつも、窓を開けてくれる。

「なあ、これって映画の撮影か何かか？　それとも、番宣？」

隣の車の運転手は、恐る恐る尋ねる。

ヨモギは、暫し答えに窮したが、「大捕り物です」と答えた。

「隣の車の人達、詐欺師なんです。警察に連絡したいので、スマートフォンを貸して頂けませんか？」

ヨモギは窓の外から、健気に小さな手を伸ばす。そんなヨモギを、男性は無下にするわけにはいかなかった。

「ほ、ほらよ。ちゃんと返してくれよ」

「有り難う御座います」

携帯端末を受け取ると、ヨモギはぺこりと丁寧に頭を下げる。小さな指でぽちぽちと一一〇番を押し、警察へと通報をした。

ヨモギは男性に携帯端末を返し、千牧は詐欺師とその運転手の首根っこを摑んで、車の中から引きずり下ろす。

信じられないものを見たような表情で茫然自失している彼らを道端に転がす頃には、パトカーのサイレン音が聞こえて来たのであった。

ヨモギの通報のお陰で、詐欺師二人組は警察に連行されることとなった。車の中からは、他人のキャッシュカードが大量に出て来たようで、ヨモギ達が証言する必要もなさそうであった。

そして、ヨモギと千牧は、物陰から警察の活躍を見守ってから、帰路へとついた。

「なんで、警察に説明をしなかったんだ?」

不思議そうな千牧に、「うーん」とヨモギは曖昧な相槌を返す。

「僕達の立場が微妙だしね……。犬神とお稲荷さんの使いって言っても、お巡りさん達は困るだろうし。お巡りさんの前では、僕達はただの住所不定な不審者だよ」

「へー。警察って信心がないんだな」

「まあ、公務員だからね。個人の気持ちでは動けないってところだと思う。警察っていう立場じゃなかったら、お目こぼしをくれる人はいるかもしれないけど……」

「ふーん」

そんなもんか、と千牧は鼻をすんと鳴らす。

「それにしても、驚いたよ。まさか、千牧君が人間に化けられるなんて」

千牧は、二十代半ばのすらりとした朗らかな青年になっていた。

明るい髪の色と、優しげな瞳。だけど何処か野性的な雰囲気と、悪戯っぽく覗く犬歯は、なかなか魅力的な人間なのではとヨモギは思った。

「化けられるの、この姿だけだけどな。お前達みたいに変幻自在とはいかなくて」

千牧は、頰を掻いて苦笑する。

「まあ、僕もこの一種類だけだけど……」とヨモギは気まずそうに言った。

「マジで⁉　狐って、もっと色々化けられるんだと思ってたぜ」

「そういう修行をしてなかったからね。必要がなかったし……」

人間だって、料理が出来る人もいれば出来ない人もいる。必要に迫られるか、それが好きで敢えてやるかという状況にならない限り、修得はしない。

「化けられた方がいいのかな……」

今からでもまだ、遅くない。

ヨモギは王子稲荷神社に集まる狐達に、修行をつけて貰おうかとも思った。

「ま、化けられた方が便利だけど、化けられなきゃいけないってわけじゃないしさ。どっちでもいいんじゃないか？」

千牧は、ヨモギの小さな肩をポンと叩く。

「千牧君って、結構テキトーだよね」

「俺が守るもののこと以外で、神経を使うのが面倒臭くてさ」

そう言って、千牧は欠伸を嚙み殺す。人間にしては鋭い犬歯が、口の隙間からちらりと見えた。

「確かに。犬神は家の人を守るので精いっぱいだもんね」

「ん」と千牧は頷いた。

ふたりが歩く道は、きつね堂に続いている。つい先刻まではヨモギとお爺さんの家だったけれど、今は、千牧の家でもある。

「千牧君」

「うん?」

「これから、宜しくね。お爺さんとお爺さんのお店を、守るもの同士として」

ヨモギが手をそっと差し出すと、千牧は嬉しそうにニカッと笑った。

「おう、宜しくな！　お稲荷さんの使いと一緒に仕事をするなんて、初めてだからな。お手柔らかに頼むぜ」

「僕も、犬神と一緒なのは初めて。お互い、初めて同士だね」

ふたりは握手を交わすと、にっこりと微笑み合った。

「うだうだ考えていたが、じいさんちに受け入れられちまったもんは仕方がねぇ。お前が言うように、何かあった時はふたりで何とかするか」

「そうだね。ひとりで出来ないことも、ふたりでなら出来るかもしれないし」

今日の出来事が、まさにそうだ。ヨモギだけでは、お爺さんのキャッシュカードは守れなかっただろう。

幸い、千牧の外見は立派な成人男性だ。菖蒲が言っていた心許なさも解決出来るかもしれない。

そして、ヨモギにとって、仲間が出来たことは嬉しかった。

苦しいことや辛いこともふたりで解決し合えるし、何より、嬉しいことも共有出来ることが新鮮だった。

足元から伸びた二つの影を見て、ヨモギは千牧と共に紡ぐ未来に、胸を躍らせたのであった。


ヨモギと千牧が「ただいま帰りました」と声を揃えながら帰宅すると、お爺さんは「おかえりなさい」と迎えてくれた。

その後、千牧は犬の姿に戻り、あの詐欺師のような連中が来ないか店先で見張っていた。

人間の姿になった方が効果的だったけれど、騒動を起こした後なので目立ってはいけないとヨモギが配慮してのことだった。

そして、日が沈み、夜の帳が下りた頃。閉店時間が訪れ、最後のお客さんを見送ってから、ヨモギは閉店作業を始めた。

店先にいた千牧も、尻尾を振りながらのそのそと店の中に入る。

「お疲れさま、千牧君」

「お前もな、ヨモギ」

千牧は、ヨモギを労うように、ヨモギの脚へとすり寄った。ふわふわした体毛の感触がくすぐったくて、ヨモギは思わず顔を綻ばせる。

「久々に人の役に立てて、本当に良かったぜ」

ぎらりと犬歯を見せながら、千牧は笑った。

「落ち着いたら、従業員として一緒に働こうね」とヨモギは千牧の頭を撫でる。

「ああ。家のモンのために働けるなら、嬉しいことこの上ない」

上機嫌の千牧に微笑み返しつつ、ヨモギはシャッターを閉めてからレジ締めの作業を始めた。千牧はカウンターに前脚を乗せて、それをじっと見つめている。

「売り上げ、どうだ？」

「まだまだって感じ。でも、以前よりはずっといいかな」

「お客さん、少なかったな」

「うん。もっと増やさないと」

ヨモギは帳簿をつけながら頷く。

再興にはまだまだ遠い。だけど、一歩ずつ確実に進んでいる。

「お爺さんに、また盛り上がったこのお店を見て貰いたいから」

別れはいつか来る。

だけど、それまでに良い思い出を増やすことは出来る。いつか来る別れを憂えるより、今はただ、思い出を一つでも増やしたい。

ヨモギは、強くそう思っていた。

「ヨモギ、千牧、ご飯だぞー」

奥から、お爺さんの声がする。レジ締めを見ていた千牧が、ぴんと耳を立てた。

「ご飯だって」

「うん。この仕事、早く終わらせちゃおう」

ヨモギは、「はーい」とお爺さんに返事をし、お金を数えて電卓を叩き、帳簿に記入して、何とか作業を終えた。

「ふう……。これで、ご飯が食べられる」

ヨモギは胸を撫で下ろし、千牧と共に売り場を離れようとする。

「でも、俺達にご飯は必要ないのにな」

お爺さんが用意してくれた、使い込まれたタオルで足の裏を拭きながら、千牧は申し訳なさそうに言った。

「お爺さんと一緒に食べることに意味があるんだよ。みんなで食卓を囲むっていうのが」

「そうなのか？」

「そう。それがきっと、お爺さんにとっての家族なんだと思うし、僕もそう思う」

食卓を囲みながら、今日の出来事を報告し合い、感情を共有し合う。ヨモギは、そこに絆とぬくもりを感じていたし、それが家族という形なのだと思っていた。

「家のモンと一緒に食卓を囲むのは、初めてだ！」

千牧は尻尾をパタパタと振り、ヨモギにじゃれつきながら居間へと向かった。ヨモギもまた、書店員のエプロンを丁寧にたたみ、安らげる場所へと小走りで向かう。

その日の夕飯の献立には、お爺さんが近所で買ったというがんもどきがあった。どうやら、百年以上続くというお豆腐屋さんがあるらしく、そのお店の話を、ヨモギと千牧は耳をぴんと立てながら、お爺さんから熱心に聞いていた。

食後には、なんと、竹むらの揚げ饅頭が待っていた。

「ふたりには、キャッシュカードを守って貰ったからね。そのお礼だよ」

にっこりと微笑みながら、二つの揚げ饅頭を差し出すお爺さんを見て、ヨモギと千牧は顔を見合わせた。

「どうしたんだい？　揚げ物は苦手かな？」

「い、いえ！」

「丁度、食べたかったところだったから！」

ヨモギも千枚も、神妙な面持ちで揚げ饅頭を口にする。

揚げたてとはいかなかったが、餡子（あんこ）の味はふんわりと優しく、ふたりを包み込むように労ったのであった。

第二話　ヨモギ、縄張り争いをする

犬神の千牧がやって来た。

稲荷書店きつね堂にとって、番犬と従業員が同時に来たようなものだ。ヨモギは、千牧が齎す影響を楽しみにしていた。

千牧に犬小屋は要らないが、神棚か祠が必要だという。お稲荷さんと一緒にするわけにいかないからと、お爺さんは家の中の使わない棚を、神棚代わりにした。

夜が明けると、ヨモギは家を抜け出して、自分の本来の住まいである祠の前にやって来る。朝靄がかかる神田の街は、しんと静まり返っていた。

「兄ちゃん」

祠の前に鎮座しているカシワに声を掛けると、阿の狐の像が生気を宿す。

――きつね堂に、新しい奴が来たみたいだな。

「うん。千牧君っていうんだ」

――妙な気配だ。何者なんだ？

「犬神だって」

――犬神ィ!?

カシワは素っ頓狂な声をあげる。びっくりしたヨモギは、思わずフサフサの尻尾をはみ出させた。

「う、うん。最初は吠えられたけど、凄くいい人……いや、いい犬だし」

――本人の性格はともかく、犬神って言ったら家を守る神格を持ったアヤカシじゃないか。それを家に招くなんて……。

「ご利益が干渉し合って打ち消してしまうかもっていう話だったけど、そこは、実際にやってみないと分からないし、アイディア次第でどうにかなる……かなって」

自信が無くなって来たのか、ヨモギの声は徐々に小さくなる。カシワはしばらくの間、困ったように唸っていたが、やがて、大きなため息を吐いた。

――ご利益の干渉も気になるけど、それ以前の問題がある。

「それ以前の問題？」

――縄張りだよ。

縄張り。それを聞いたヨモギは、首を傾げた。

――まさか、お前。縄張りの意味が分からないのか……。

「ち、違う違う。千牧君はちゃんと話が通じる相手だし、縄張り争いは起こらないと思うけど……」

――話が分かる奴が相手とはいえ、無意識のうちに縄張りを奪っていることもあるしな。

そもそも、犬神は家に憑くアヤカシで、今、そいつは家の中に神棚を持っている。それはつまり、かなりの力を持っているということだ。

「確かに……」

ヨモギは、家の方を見やる。お爺さんはまだ寝ていて、千牧も明け方に眠ったところだ。千牧は、夜間の見張りを担当しており、ヨモギが早朝の見張りをすることになっている。泥棒や、悪意を持った者が来ないように、と。ふたりとも、既に役割分担を決めるほどに協力関係が成立していた。

それなのに、縄張り争いなんて。

まさかとは思うけれど、カシワが出鱈目なことを言ったことはない。ヨモギの胸に、少しずつ不安が広がっていった。

「……どうすればいいかな」

――注意しろ、としか言えないな。その犬神……千牧だっけ。そいつは普段、どうやって過ごすんだ？

カシワは、顔を覗き込まんばかりの雰囲気で尋ねる。

「今日から、書店員として僕とお店を見ることになってるんだけど……」

――犬がエプロンをつけて？

「そ、それ、ちょっと可愛いね。でも、そういうんじゃなくて、ちゃんと大人の男の人になれるからね？」

——人間になれるのか。そいつ、スペックが高すぎだろ……。因みに、どんな感じになるんだ？

「若い男の人。……人間の中ではカッコいい部類なんじゃないかな」

ヨモギの言葉に、カシワはしばし沈黙した。ヨモギがただの石像に戻ってしまったのではないかと思うほど、長い時間だった。

「そいつが接客を？」

「人気、出そうだよね」

お店が繁昌しそうだね、とヨモギは笑顔を作る。しかし、カシワが放つ空気は重々しく、ヨモギの笑顔は歪になってしまった。

——居場所、取られないようにな。

カシワは、念を押すように言った。

「えっと、頑張る……」

——そうしてくれ。何か不安なことがあったら、俺でもいいし俺以外でもいいし、誰かに相談しろ。

「うん……」

ヨモギは深々と頷く。

そうしているうちに、台所から物音が聞こえてきた。お爺さんが、起きてきたのだ。

「それじゃあ、また来るね、兄ちゃん」

――ああ、またな。

ヨモギは小さな手を振りながら、カシワに別れを告げる。カシワはヨモギの姿が見えなくなるまで、じっと見守っていたのであった。

朝食が出来る頃に、千牧はのそのそと起きてきた。

本来は眠る必要がないけれど、ずっと実体化しているので、眠って省エネをした方がいいということだった。その方が、万が一の時に力が出せるのである。

(もう、変な人が来なければいいけど)

開店の準備をしながら、ヨモギは昨日のことを思い出す。

詐欺師二人組が逮捕されたというニュースは、朝の新聞の隅に載っていた。近所で同じような詐欺を働き、老人達が随分と食い物にされたらしい。

幸い、千牧とヨモギのことは載っていなかった。仮に写真や動画があったとしても、イケメンがビルの上から車を目がけて降って来て、白昼堂々大捕り物をするなんて、信憑性があまりないと判断されたのだろう。

(今度、悪い人が来たら、僕も何かやらないとな……)

それこそ、ひとりで撃退出来るようになれればいいのだが。

ヨモギは、箒で店先を掃除しながら、どうすれば、この小さな身体で悪人に対抗出来るかを思案していた。

今手にしている箒で応戦しようか。攻撃力はあんまりないけれど、箒の掃く方で顔面を突けば、きっと痛い。

「そのうちに、ジャンプしてドロップキック……？」

漫画の登場人物のように、華麗な必殺技を決める自分の姿を思い描く。だけど、現実はそう上手く行かないことを、ヨモギは知っていた。ドロップキックを決められるほどのジャンプ力は、人間の姿の時にはなかった。

「それに、体重も軽いし……」

もし、ジャンプ力があったとしても、キックをする時に足を掴まれて終わりだろう。後は、狐狩りの狐宜しく持ち帰られて、敗者に相応しい末路を辿るに違いない。

ヨモギは、ぶるぶるっと身震いする。

そんな彼に、「あら、ヨモギちゃん」と声を掛ける人物がいた。

「あっ、おはようございます」

道路を挟んで向かいの食事処の、女主人だった。お爺さんと同じくらいの年齢で、少しだけ腰が曲がっていたけれど、まだまだ元気そうだ。

ヨモギはいつも挨拶をしているので、すっかり顔見知りになっていた。

「いつもお掃除をして、えらいねぇ」

「あ、有り難う御座います。でも、当然のことなので」

ヨモギは胸を張る。

そんなヨモギの頭を、女主人は優しく撫でてくれた。皺だらけの手のひらだったけれど、ほんのりと温かく、ヨモギの顔は思わず綻んだ。

「そう言えば、ヨモギちゃんって、きつね堂さんのお孫さんなのよね？」

小首を傾げる女主人を前に、ヨモギは笑顔のまま固まった。思わず、毛の逆立った尻尾が飛び出しそうになる。

「えっと、それは……何というか……」

何と説明をしたらいいのだろうか。

今までは、説明をしなくても、相手が勝手に孫だと思ってくれていて、ヨモギもそれに任せていた。しかし、改めて聞かれた時にどうしたらいいのか、ヨモギはお爺さんから聞いていなかった。

「そ、そういうような、ものです……」

嘘を吐くのが苦手なヨモギは、罪悪感でいっぱいになりながら答える。思わず目をそらしてしまったけれど、笑顔だけは何とか保てた。

「そうなの。きつね堂さんのところに、新しいお孫さんが生まれたなんて、聞いていなかったから」

女主人は、人の好(よ)さそうな笑みを浮かべる。

「そ、その時は、い、忙しかったのではないでしょうか……！」

ヨモギは声を裏返しながらも答える。早く次の話題に移ろうと、視線をあちらこちらに彷徨(さまよ)わせた。

「きつね堂さんも、色々あったしねぇ。長年連れ添った奥さんを亡くされてから、すっかり塞(ふさ)ぎ込んじゃって……。人がいいから、お友達の借金の連帯保証人になって、大変な目に遭ったみたいで……」

「そんなことが……」

「あっ、ごめんなさいね。余計なことを話してしまったかしら」

内緒ね、と女主人は、申し訳なさそうに自分の口を手で覆った。

お爺さんが金銭トラブルに遭っていたことを、ヨモギは知らなかった。敷地内に祠があって、ずっとそこにいたのに。

（そうか。お爺さんが、祠で話さなかったからか……）

祠と家は壁が隔てている。いくら距離が近いとはいえ、家の中で起こったことは、知ることが出来なかった。

そして、お爺さんが祠の前で話してくれることが、ヨモギとカシワにとって全てだった。お爺さんが秘密にしている限り、ふたりは知る由もなかった。

（そういう意味では、家の中にいるっていうのは大事なんだろうな……）

家の中にいる犬神の方が、家のことを熟知しているということなのだろう。

連帯保証人のことだって、人が訪ねてきたり、電話で話していることを聞いたりして知り得たかもしれない。

そう思うと、千牧のことが羨ましく感じた。

「ヨモギちゃん？」

女主人に声を掛けられ、ヨモギはハッとする。

「ごめんなさいね、変なことを言っちゃって」

「あ、いいえ。大丈夫です。ちょっと、考え事をしていて」

ヨモギは、申し訳なさそうに頭を下げた。

「そう言えば、珍しいですね。お店はあっちなのに、こっちで会うなんて……」

まだ交通量が少ない通りの向こうに、女主人の店がある。道路越しに目礼を交わすことがあっても、きつね堂側で会い、会話をするのは稀有なことだった。

「ああ、それがね。お得意さんがお菓子をくれたから、お裾分けにって思って」

女主人は、手にしたバッグから包装されたお菓子を幾つか取り出した。

「これは最中、ですか……？」

「そう。神保町にある文銭堂っていうお店で売っているの。私も好きなんだけど、うちで食べ切れないほど貰っちゃって。遠慮せずに召し上がって？」

「有り難う御座います！」

包装紙の隙間から、ふんわりと香ばしい香りがした。ヨモギは我慢し切れなくなって、そっと包装紙を剝いてしまう。

「失礼します……」

包装紙から顔を出したのは、寛永通宝を模した形の最中だった。最中には、銭形平次と書かれている。

「銭形平次はご存じかしら？」

「はい！　神田明神の近くに住んでいたっていう、岡っ引きなんですよね。投げ銭で悪者を懲らしめるっていう江戸時代のヒーローです」

「そうそう。私も大ファンでね。小説も映画も、よく見たわ」

女主人は顔を綻ばせた。

「その投げ銭をイメージしているんですね……！」

ヨモギは投げ銭を模した最中をしげしげと眺めてから、「頂きます」と口に含んだ。

すると、口の中で餡子の甘さが弾ける。大納言粒あんの心地よい甘さが、口に広がって鼻に抜けていく。

「美味(おい)しい……っ」

「ふふ、それは良かった。大納言の他には、小豆こしあん、栗きんとん、挽茶(ひきちゃ)あんがあるからね。お爺さんと二人で食べてね」

「あっ……」

二人でと言われて、ヨモギは改めて自分が手にした最中を見つめた。最中はヨモギが口にしたのを含めて、四つだった。

お爺さんとヨモギのふたりが、均等に分ければ丁度という数だ。

(あっ、そうか。千牧君がいることを知らないんだ……)

だからと言って、三人分をねだるわけにはいかない。一先(ひとま)ず、お爺さんと千牧には残りの三つを渡して、ふたりで分けて貰おう。

その時だった。

「おつかれ、ヨモギ」

店の中から、ひょっこりと若い男子が顔を出した。爽(さわ)やかで人懐っこく、それでいて、野性味を帯びた青年は、人間になった千牧であった。

「あっ、千牧君」

「見てくれよ、これ。似合う?」

千牧はエプロン姿だった。なんと、ヨモギとお揃いだ。

「あれ？　僕と同じ……」

「ばあさんが使っていたんだってさ。俺にはちょっと小さいけど、なんか、あったかくていいな、これ」

千牧はお婆さんのエプロンを摘まみながら、幸せそうに微笑んだ。ヨモギもまた、つられるように顔を綻ばせる。

一方、女主人は千牧の方を見つめ、口をパクパクさせていた。

ヨモギと千牧が、どうしたのかと言わんばかりに顔を覗き込むと、ようやく我に返ったようにハッとする。

「な、な、なんて素敵な男の子なんでしょう！」

女主人の目が輝き、肌つやが一瞬で十歳ほど若くなった気がする。頬を紅潮させ、乙女の眼差しで千牧を見つめていた。

「へ？　ああ、どーも」

千牧は、人懐っこい笑みをへらりと返す。やんちゃな犬歯が、ちらりと覗いた。

「あらあら、本当に可愛らしい。貴方、新しい従業員さんかしら？　私はお向かいでお店をしているの。お近づきのしるしにどう？」

女主人は、千牧の手にバッグの中の最中を次々と載せる。千牧はぱっと笑顔になって、

「ありがとな！」と頭を下げた。

「この店に居候することになったんで、手伝わなきゃと思って」

「居候？　何か事情がおありのようね。私で良かったら相談に乗るから、気軽に訪ねて頂戴ね」

女主人は、お向かいにいるからと再度主張する。曲がっていた腰は、いつの間にかしゃんとしていた。

（すごい……。やっぱり、千牧君は人間の女性を惹きつける容姿だったんだ……）

ヨモギは、人間の一般常識は何となく分かるものの、好みまではそこまで理解出来ていない。兎に角、千牧が人間の女性にとって好ましい姿であることに安堵した。

その後、女主人は何度も振り返りながら、自分の店へと去っていった。

千牧は、尻尾を振る代わりに手を振りながら女主人を見送る。

「可愛いばあさんだったなー」

「可愛いって言われたのは、むしろ千牧君の方だったけどね」

「俺、可愛いかな。カッコいいつもりなんだけど」

千牧は、少し不服そうだった。

「見た目が若いから、じゃないかな。年の差があると思われたんだよ。それで、愛おしいと思われたんだ、きっと」

「へー。それなら、悪い気がしないな」

「……うん」

はにかむように笑う千牧の頭を、ヨモギもちょっと撫でてみたくなってしまった。だけど、手が届く気がしないので、仕方なく諦める。

「掃除は大体終わったし、開店の準備をしようか」

ヨモギは箒を片付けながら、千牧を中に促す。

「押忍！　ご教授宜しく頼むぜ、先輩！」

千牧は、ヨモギの肩をポンと叩く。先輩と呼ばれると、ヨモギはこそばゆい気持ちになった。

「開店前には、さっきみたいに掃除をしたり、入荷した商品を並べたり、棚を整理したりするんだ」

シャッターが閉まった状態の店内は、とても暗かった。ヨモギは電気をつけ、狭い店内に陳列された本を整え始める。

「新刊があれば、平積みや面陳をするべく、ちょっと棚を弄らないといけないんだけどね。新刊一品目を置くために、一つのスペースを空けなくちゃいけないから」

新刊や話題書は、とにかく目立つところに置きたい。そうすると、売り上げアップに繋がるから、とヨモギは付け加えた。

「新刊が十冊あれば、十冊分？」

「そう」

ヨモギは千牧の問いに頷いた。

「で、その除けられた十冊分はどうなるんだ？」

「その十冊分――つまり、十品目分は返品することになるんだ。販売会社に送り返すべく、荷造りをしなきゃいけない」

返品した本はまた、その本を必要としている場所へと旅立つ。それまで、販売会社や出版社で眠ることになるのだと、ヨモギは千牧に説明した。

「ふぅん。因みに、その十品目って、どうやって選ぶんだ？　棚の中でも古いやつ？」

千牧は、棚を眺めながら問いかける。新刊を並べる作業を、自分でもやれるようにしたいのだろう。

ヨモギは、ややあって答えた。

「そのお店によるだろうけど、うちは売り上げが低くて古いものから返品って感じだね……。棚は限られてるし……」

「売り上げ……。そっか、お店だもんな」

うつむくヨモギに対して、千牧もまた、耳を伏せんばかりに項垂れる。

「そうなんだよね。出来るだけ長い間置いて、お客さんの目に触れて、手に取られる機会を増やしてあげたいところなんだけどさ……」

だけど、そうすることで本当に手に取って貰えるとは限らない。手に取って貰うにしても、何日先か、何年先か分からない。

僅かな可能性に賭けるよりも、売れ易い新刊や話題書を置かなくては。そうやって売り上げを増やしていかなくては、店の存続自体が難しくなる。

どれも売りたいのに、本を置けるスペースが限られている。だから、選ばなくてはいけない。

新刊を店頭に出す度に、ヨモギはジレンマに頭を悩ませていた。

「きっと何処の書店も、どの本に対してもそう思っているんじゃないかな。出来るだけ、売りたいって」

「そっか……」

「どの本も、売れるようにっていう願いを込めながら作られていて、関わった人達の全力が宿っているはずなんだ。だから、どれも素晴らしいもののはずなんだけど……」

だけど、全ては有限だ。棚も、書店に来る人達の予算も。

「タイミングっていうのもすごく大事みたいなんだよね。有名な作家さんの本が沢山出る時は、まだ無名な作家さんの本は売れ難くなるし」

「あー。敢えて、無名な作家さんの本を買おうと思っていないと、優先順位が低くなっちまうからかな?」

「うん、そんな感じ……。でも逆に、有名な作家さんの本を目当てに書店に来た人が、無名な作家さんの本も気に入って買っていく場合もあるんだ」

「そっか。書店に足を運ぶってこと自体が、出会いのチャンスになるしな」

千牧は、耳をぴんと立ててんばかりに目を見開いた。

「だから、どうすれば正解ってことはないんだよね。どうなるかなんて、結果を見てみないと分からない」

必ず売れる方法や、絶対に売れないものはない。

売れ線と呼ばれるものはあるかもしれないけれど、みんなでそれを真似(まね)てしまっては、結局のところ、その中で優先順位をつけられることになってしまう。

「本を売るって、難しいことなんだな」

短い間だけじゃないと思う。世の中、きっと全部そうなんじゃないかな」

短い間だけど、ヨモギはきつね堂にいながらにして、お店にやってくるお客さんや、お店の前を通る人々を眺めてきた。

神田の街には、高い建物も低い建物も、新しい建物も古い建物もある。

建物に個性があるように、人間にも個性があった。足が速い人、おしゃれな人、荷物をいっぱい持てる人、外国語で観光客に道案内が出来る人、本を読むのが異様に早い人など、それぞれだった。

どんな人にも何らかの個性があり、何らかの長所と短所があるけれど、社会に生きる以上、何らかの形で優劣がついてしまう。

「神様もそうか。祀る人がいなくなったら、朽ちていくだけだもんなぁ……」

千牧は、実感がこもったため息を吐いた。

神田明神ほどの神様だと、多くの人の信仰を集め、祭りも文化の一つとなっており、この先も末永く人々に信仰されることだろう。

しかし、ヨモギや千牧のように、祀る者が家の人くらいだと、家の人がいなくなってしまったら行き場所が無くなってしまう。

「そうなんだよね……」

ヨモギもまた、千牧に頷いた。

「全部が平等っていうわけにはいかないから、せめて、個性を活かし易いところに行けたら、幸せに暮らせるんじゃないかと思うんだ」

「俺みたいに？」

千牧は首を傾げる。

「うん。千牧君は、お爺さんに会えて良かったと思う。丁度、番犬と頼もしいお手伝いさんが欲しかったところだから」

「よし、任せとけ！」

千牧は、アオーンと遠吠えをあげる。「遠吠えはやめて！」とヨモギは慌てて制止した。

「おっと、悪い。これくらい都会だと、ご近所迷惑だもんな……」

「あと、人間は遠吠えをあげないから……」

「ヨモギは、人間のことをよく知ってるなぁ」

「犬養さんのお宅でも、みんな吠えなかったでしょう!?」

しっかりして、と千牧の足にしがみつくようにして揺さぶるヨモギに、「確かに」と千牧は納得した。

「人間を守ることで手いっぱいで、人間の習慣をあんまり見てなかったからな。人間的に変なことをしてたら、フォロー頼むぜ」

千牧は、ヨモギの肩をポンと叩く。ヨモギは、急に不安に駆られてしまった。

「ひ、人前で粗相はしないでね……」

「大丈夫。人前ではやらねぇさ」

「トイレでしてね！」

ヨモギは嫌な予感がしたので、千牧に釘（くぎ）を刺した。

「この辺は、他に犬神がいるわけでもないし、縄張りを主張する必要はないから！」

「ん、そっか。だけど、お前以外にイヌ科のにおいがするんだよな。ただの獣臭じゃなくて、妖気も混じってるっていうか……」

　ほんの少しだけど、と千牧は鼻をスンスンと鳴らす。

「菖蒲さんのにおいかな……」

　イヌ科で妖気と言えば、菖蒲くらいしか思い浮かばない。

「しょうぶ？」

「そう。化け狸の菖蒲さん。そのひとも僕達みたいにご利益を持ってるひとなんだ。ちょっと胡散臭いけど、吠えないでね」

「ふーん。こんな都会なのに、狸も歩いてるのか」

「菖蒲さんは、現代に生きる都会派狸だから……」

　菖蒲は時に協力的だが、それと同時にきつね堂を狙っている身でもあるので、ヨモギの心境は複雑だ。

　だけど、お世話にもなっているので、追い返したくはない。

　そして、ちょっと野性的な千牧とはあんまり相性がよくなさそうなので、一度こじれたら厄介そうだと思った。

「えっと、随分と遠回りしちゃったけど、本によって個性がそれぞれだし、売れるか否かは運次第っていうところもあるから、出来るだけ、どの本も売れるように工夫するのが、僕達の役目ってところかな」

ヨモギは、何とか最初の話題に戻す。

「それこそ、全部平等に売れるように出来ればいいんだろうけど、それは不可能だから、せめて、それに近い状態に出来ればと思って」

「ん、そうだな。何かコツはあるのか？」

千牧は尻尾を振らんばかりに目を輝かせる。

「お店にもよると思うけど、僕が教えて貰ったのは……」

ヨモギの頭を過ぎったのは、書店員をしている三谷という青年の顔だった。

「入り口に近い方に、世間的に注目されている作品を置くといいみたい。そうすると、人の目を惹けるしね」

ヨモギは、入り口から近い平台を指し示す。

「成程。この書店の配置なら、通行人にも見て貰えるな。それで、お客さんを誘導するのか！」

「そういうこと。手に取られ易いものを、手に取り易いところに置くっていうのが原則みたい。注目されている本も、手に取り難いところに置いたら売れ難くなっちゃうし、目立たなくなるからね」

「でも、敢えて手に取り難い奥の方に置いて、手前にある作品も見て貰う機会をつくるっていうのも、ありなんじゃないか？」

千牧が首を傾げる。ヨモギは、「そうなんだよね」と頷いた。

「そっちの方が効果を上げるお店もあるかもしれない。どっちがいいかは、お店の場所とか店構えとか、お客さんに左右されるかな」

「あー、そこにも店の個性が関わってくるのか」

「そうなんだよ。難しいよね」

僕も模索中、とヨモギは小さくため息を吐いた。

「きつね堂は、発売日に注目作を配本されないことがあるから、これ以外の方法も考えないといけないんだ」

それを聞いた千牧は、首を傾げる。

「配本って、入荷のことだよな……。どうして、本が入荷しないんだ？」

「それも優先順位ってやつだよ。販売会社も、一冊でも多く本を売りたいからね。一冊でも多く売ってくれそうっていうところに、一冊でも多く託したがるのさ」

「そこも、優先順位か……」

世知辛いな、と千牧は項垂れる。

一冊でも多く本を売りたいというのは、関係者の誰もが思っているはずだ。著者も、出版社も、販売会社も、書店も。

その最良の手段を選ぶことで、あぶれてしまう者がいる。だから、あぶれない者になるために、何処の書店も必死で頑張っているのだ。

（だから、僕も頑張らないと……）

少しでも売り上げを多くして、実績を作り、きつね堂で売りたい本が入荷するようにしなくてはならない。

インターネットの口コミでは、きつね堂の名前がじわじわと拡がっている。

だけど、あともう一押し必要な気がする。それこそ、カシワが言っていたように、バズればいいのだが。

「あっ、そろそろ時間かな」

店内にある時計を見て、ヨモギはハッとする。

ヨモギと千牧はシャッターを開ける。店先は、通行人が横切るだけだったけれど、開店前にもお客さんが並ぶようになったらいいな、とヨモギは思った。

「さて。今日から宜しくお願いします」

新しい従業員である千牧に、ヨモギはぺこりと頭を下げた。千牧もまた、「おう、宜しくな」と頭を下げる。

「俺、何をやればいい？」

千牧は、新しい言いつけを待つ犬そのものといった風に、目を輝かせながら尋ねる。

ヨモギは「うーん」と考え込んだ。

「お客さんが来たら接客をして欲しいんだけど、まだ来てないしね。棚の本が乱れていたら直して欲しいくらいかな……」

「でも、結構綺麗だよな」

「うん……。僕が整えちゃったから……」

困った。早速やるべきことが無くなってしまった。

「本を読んじゃダメか？　俺、人間のことを知りたいんだけど」

「いいよって言いたいところだけど、ここに並んでいるのは商品だからね。全部、お客さんのものになるかもしれないものだから……」

「あ、そっか。それじゃあ、勝手に読むわけにはいかないもんな」

千牧は申し訳なさそうに、眉を下げる。

「本なら、お爺さんも持ってるからね。借りて来てもいいんじゃないかな。僕もたまに借りるけど」

「ん、そうする」と千牧は頷いた。

そうしているうちに、往来から若い女子達の声が聞こえてきた。どうやら、近所の大学に通っている学生らしい。

三人の女子が店の前を通る時、ヨモギは笑顔を作ってぺこりと黙礼する。「あっ、可愛い」と女子の一人が声をあげるが、次の瞬間、女子らはぎょっとした顔つきで口を噤んだ。

どうしたんだろう、とヨモギは自分の背後を振り返る。すると、千牧がヨモギを真似て女子達に微笑みかけていた。

実に爽やかな笑顔だった。

彼女らの頬は見る見るうちに紅に染まり、次の瞬間、「きゃー」っと黄色い声をあげた。

「えっ、なにこのイケメン！」

「めっちゃカッコいい！」

「どっちかっていうと、可愛い系じゃない？　うそー、ステキー！」

女子達は揃って悶える。

あまりの盛り上がりっぷりに、千牧も不安そうにヨモギを見やった。

「な、なあ、なんだかすごい熱気なんだけど」

「ウケてる、みたいだね……」

女子大生らは店の前で立ち止まり、「やばーい」とか「すごーい」と叫び続け、すっかり語彙力を失っていた。

「俳優さんですか？」

「何かの撮影？」

「写真撮っていいですか？」

女子大生らは、千牧に詰め寄る。

「えっと、その、写真は……どうぞ？」

千牧が戸惑いながらも了承した瞬間、女子大生らは再び歓喜の悲鳴をあげる。三人で千牧を囲み、リーダー格と思しき女子が自撮り機能で、何枚も写真を撮っていた。

「ほらほら、君も君も！」

「へ？　僕も、ですか？」

ヨモギもまた、女子に手招きをされる。ヨモギが促されるままに歩み寄ると、女子らはヨモギの背丈に合わせて屈み込み、全員が入るようにして写真を撮った。

「うーん。いいのが撮れた」

リーダー格の女子が写真を確認し、他の女子の端末に送る。ヨモギと千牧は、それをポカーンとした顔で眺めていた。

「な、なにこれ……。これも本屋さんの仕事……？」

「いや、こんなの初めて……かな」

まるでアイドルのような扱いだと、ヨモギは開いた口が塞がらない。

三人はお互いの端末に写真を共有出来たことを確認すると、そこでようやく、店内を見回した。

「因みにここ、何のお店？」

「本屋さんじゃない？　めっちゃレトロだねー」

「こんなところに本屋さんなんてあったっけ。撮影のセット？」

きょろきょろと店内を見て回る女子らに、ヨモギは「いらっしゃいませ」と丁寧に頭を下げ、昔からあったお店で自分達はその手伝いをしているのだということを伝えた。

「あっ、そうなんだ。お兄さん、めちゃくちゃイケメンだし、君は可愛いんだもん。俳優さんかと思った」

可愛い、と言われてヨモギは照れくさそうにエプロンを弄る。一方、千牧はいまいち状況が摑めず、小首を傾げたまま愛想笑いを浮かべていた。

その、ちょっと間の抜けた表情が気に入られたのか、女子らはまた、「可愛いんだけど！」と盛り上がった。

「本屋さんかぁ。大学の近くに大きい本屋さんがあるけど、こういうのは久々かも。うちの近くのも、私が小さい頃に潰れちゃってさ」

幼稚園の帰りに連れて行って貰っていたの、とリーダー格の女子は懐かしそうに店内を眺める。

「そう、なんですか……？」

ヨモギの問いかけに、「うん」とリーダー格の女子は寂しそうに頷く。

「かなり高齢のお爺さんが経営してたんだけどさ、腰を悪くしちゃったとかで閉店しちゃったんだよね。二階が居住スペースだったから、建物自体は残っててさ。でも、ずっとシヤッターが閉まりっ放しで」

もう二度と、開くことがないシャッター。

でも、お店の前を通る度に、またそのシャッターが開き、幼稚園の頃よりも少し狭く感じる店内が、あの日と変わらずに自分を迎えてくれることを夢見るのだという。

「せめて、後継ぎがいればって思ったんだけど、街の本屋さんは何処も大変みたいだね」

「うちの近くも無くなっちゃった。地元では大きい方だったんだけどさー」

メンバーの一人も話に乗る。どうやら地方都市から上京して来たらしく、近所にあった唯一の書店が無くなってしまったという。

「まあ、うちらも昔ほど本屋さんに行かなくなったしね。今はスマホがあるじゃん？」

もう一人の女子も、端末をちらつかせながら言った。

「スマホで何でも出来ちゃうしさ。今は漫画や小説が読めるアプリもあるし、ソーシャルゲームも楽しいしね。それに、ただでさえ大学で使う参考書が重いのに、通学時間を潰すための本なんて持てないって」

アプリで読めるのならば、端末さえあれば何冊も持ち歩けるし、読み終わった時点で続きを購入することも出来る。発売日に配信される電子書籍は、書店の開店時間まで待たなくても読めてしまう。

そんな話を聞いたヨモギは、何も言い返せなかった。

「でも、紙の本の方が落ち着くけどね」

リーダー格の女子は、手近な本を手に取りながら言った。

「紙の頁(ページ)をめくる感触、私は好きなんだよね。幼い頃は紙の本で過ごしたからかな」

「あー、分かる」と地方都市出身の女子も同意した。

「まあ、紙の本は電気が無くても読めるしね。充電を消費しないのは有り難いし、充電が尽きても楽しめる点は最強だと思う」

スマホ支持者の女子の意見に、他の二人も「分かる」と頷いた。

「思い出に残すなら、紙の本かなぁ。サービス終了したから見られなくなる、なんてこともないしね」

リーダー格の女子はそう言いながら、店内の本を吟味し始めた。本を手にとっては表紙とあらすじを眺め、ふむふむと頷いている。

「結構古いのが多いのかな。新しいのはないの？」

首を傾げる女子に、ヨモギは申し訳なさそうに頭を下げる。

「申し訳御座いません。お取り寄せの申し込みをして頂ければご対応出来ますけど……」

「うーん。お取り寄せって言っても、うちに届けてくれるわけじゃないだろうし、取りに来るのを忘れちゃったら悪いしなぁ」

女子は難色を示す。

そこに、千牧が一歩踏み出した。

「すんません。うちになくって」

千牧もまた、深々と頭を下げる。まるで、耳をぺったりと伏せてしょげてしまっている犬のように。

雨風に凍えても尚、耐えて主人に尽くそうとするかのような潤んだ瞳と、情けないほどに垂れ下がった眉に、三人の女子は「あわわわわ」と戦慄き、お互いを揺さぶり合った。

「まずい、これはまずい」

「やだもう、捨てられた子犬みたいな顔しないで！」

「買う！　貴方のために買っちゃう！」

女子達は手近にあった本を何冊か摑み取り、「これください！」と千牧に突き出した。

「えっ、買ってくれるんすか？」

千牧が目をぱちくりさせていると、女子らは「勿論」と同時に頷く。

途端に、千牧の表情がぱっと輝き、夏の日差しに映える向日葵のようになった。

犬の姿をしていたのなら、耳はぴんと立ち、尻尾をちぎれんばかりに振り、愛嬌がある半開きの口からはチャームポイントである舌がちょろりと出ていたことだろう。

「あ、有り難う御座います！」

「ひー、こちらこそ！」

女子らは揃って、もう一冊追加してしまった。

(ど、どういうこと……?)

ヨモギは会計処理をしつつ、愕然(がくぜん)としていた。

三人が複数冊買ってくれたので、この短時間できつね堂にしてはかなりの売り上げになってしまった。ヨモギだけの時は、こんなことはなかったのに。

ヨモギは何とかお会計を済ませ、千牧に、三人の本を袋に入れるようにお願いした。

千牧はどうやら、あまり器用な方ではないらしく、紙袋をちょっと破いてしまったが、「あーっ、すいません」としょんぼりしているところを、「いいんですよ、いいんですよ!」と女子らに慰められていた。

「有り難う御座いましたー!」

三人は名残惜しそうに店を去り、千牧とヨモギは三人の背中を見送った。

「また行こうか」とか、「イケメンやばい」とか、「差し入れ持ってく?」という声も聞こえてくる。

一方、三人を見送った千牧は、小さくため息を吐いた。

「んー。なんか上手く行かなかったな」

「なんでそう思ったの!?」

ヨモギは、目玉をひん剝いた。

「だって、袋破いちゃったじゃないか。それに、ヨモギみたいに丁寧な言葉遣いも出来ないしさ。もっと、接客のことを勉強しなきゃなー」

千牧は、「失敗、失敗」と反省する。どうやら、本気で申し訳なく思っているらしい。

惨敗。

ヨモギの脳裏に、その二文字が過ぎった。

勝負をしていたわけではない。対抗意識を持っていたわけでもない。だけど、ヨモギは敗北感が拭えなかった。

ヨモギはどんなに頑張っても、今のように一気に本が売れたことはなかった。

ヨモギは、ふと考える。

(もしかして、千牧君にお会計の仕方を教えたら、もう僕が出来ることはないのでは……)

不器用で、丁寧な言葉遣いが出来ないとはいえ、笑って許されるほどの愛嬌もある。

そう、千牧には欠点を補うだけの長所があった。それに比べて、ヨモギは――。

(僕にあるのは、ご利益と一生懸命さくらい……？)

そして、お爺さんや三谷から教わった、書店員としてのイロハくらいだろう。しかしそれは、千牧が彼らに教わることも出来る。

「ヨモギ、どうしたんだ？　腹でも痛いのか？」

千牧は、心配そうに顔を覗き込む。

「いや、大丈夫」とヨモギは顔をそらした。

「大丈夫じゃないだろ？　顔色悪いじゃないか。後は俺に任せてくれよ。分からないことがあったらお前を呼ぶと思うけど、それまではゆっくりしてくれよな」

千牧は、ヨモギの背中をポンと叩く。

ヨモギは「う、うん……」と頷いて、そのまま、店の奥ではなく外にふらふらと出て行ってしまったのであった。

居た堪れなくて仕方がない。

そんな気持ちが、ヨモギをきつね堂から遠ざけていた。

（兄ちゃんが言っていたのは、こういうことだったのかな……）

縄張り争いなんて、自分と千牧の間では無縁なものだと思っていた。何故なら、ふたりとも仲が良く、他人を押しのけるほど我が強いわけではないからだ。

だが、その考えは間違っていた。

千牧は、ヨモギに無いものをカバーする以上の力を備えていた。このままでは、千牧が意図せずともヨモギの居場所がなくなってしまう。

（千牧君やお爺さんならきっと、僕がたいして役に立てなくても、置いてくれるだろうけど……）

　でも、役に立てないのは嫌だった。ヨモギを追いやるのは、他でもないヨモギ自身だった。

　トボトボと歩いていたヨモギは、いつの間にか神保町に辿り着いていた。学生とビジネスマンと、古本が大量に入った紙袋を抱えた人達が行き交う場所だ。

　大捕り物をした靖国通りからは、すずらん通りという少し細い通りが枝分かれしている。

　お爺さんから聞いた話だが、昔はそのすずらん通りが表神保町として有名で、明治時代からある老舗の書店はそこに固まっているのだという。

　だが、靖国通りに路面電車が走るようになってからは、裏神保町と呼ばれていた靖国通りの方がメインストリートとなってしまった。

　その路面電車の形跡も、今は見当たらない。今は自動車がひっきりなしに通るだけになっている。

　数十年後は、一体どんな街になっているのだろう。

　ヨモギは、そんなことを想いながら、ふらふらとすずらん通りに入って行った。

「ここは……」

　ヨモギの目の前には、大きな新刊書店のビルが建っていた。明治時代に開業した老舗の書店であり——。

「三谷お兄さんの勤務先だ……」

無意識のうちに、三谷にアドバイスを求めようとしたのだろうか。

仕事の邪魔にならないようにと思いつつも、ヨモギは三谷がいる二階へと向かう。

いつ来ても、この書店は本の森のようだ。

高い本棚の上から下までが本で埋まっており、平台では話題の新刊書がタワーのように平積みになっている。色とりどりのＰＯＰが立ち、次々とやってくるお客さんに本のアピールをしていた。

ヨモギは、小さくため息を吐く。今の状態では、この売り場から何かを学ぶことすらままならない。

一階が新刊や話題書、雑誌などを置いていたのに対して、二階は文芸書が中心の売り場だった。単行本のみならず、文庫本や新書もあり、客層も学生から老人までと様々だ。

「あっ……」

何人かの書店員がせわしく動く中、三谷の姿を見つけた。

ひょろりとしたエプロン姿の青年で、無気力そうな眼差しであったが、棚に本を差す手際はよく、手にしている本の山を見る見るうちに片付けていった。

きっと、昨日以前に売れた本の補充をしているのだろう。邪魔をしてはいけないと思い、しばらくの間、その様子を眺めていた。

だが、手にしている本の山が無くなりそうというタイミングで、お客さんが三谷に歩み寄る。どうやら、探している本が見つからないらしい。

三谷は、エプロンから端末を取り出すと、お客さんが教えてくれた情報をもとに本を探す。すると、端末で情報を得たらしく、三谷はお客さんを案内して何処かへ行ってしまった。

「……忙しそうだな」

分かってはいたけれど、いざ、現実を見せつけられると、更に実感する。三谷は色んな人に求められているということを。

帰ろうかな、とヨモギは思った。三谷の仕事を邪魔したくもないし、ここにも自分の居場所が無いように思えたからだ。

（でも、何処に帰ればいいんだろう）

きつね堂に戻ったところで、自分は役に立てるのだろうか。お爺さんの店を再興したいという願いも、千牧ひとりでどうにかなってしまうのではないだろうか。

（不甲斐（ふがい）ないなぁ……）

せめて、彼と同じくらい役に立つことが出来れば良かったのに。

ヨモギがそう思いながら踵（きびす）を返した、その時であった。

「ヨモギ」

不意に声を掛けられ、思わず狐の耳を覗かせそうになる。

「三谷お兄さん……」

振り返ると、そこには三谷が立っていた。数冊の本を小脇に抱え、「よぉ、いらっしゃいませ」とヨモギを歓迎した。

普段は何気なく聞いていたその言葉も、今のヨモギの心にはやたらと染みた。自分は、ちゃんと迎えて貰えるのだと実感して。

「どうしたんだ。本を買いに来たとか、偵察に来たっていうわけじゃなさそうだけど」

三谷はヨモギに歩み寄り、目線を合わせるように屈み込む。そうすると、いよいよヨモギの涙腺が緩くなってしまった。

「うっ、三谷お兄さん……」

「ちょ、どうしたんだ、ホントに」

ヨモギが涙を滲ませたのを見て、三谷はぎょっとして辺りを見回す。だが幸い、彼らに注目している人は誰もいなかった。

ヨモギも目をごしごしと擦り、ぐっと奥歯を嚙み締めて、こぼしそうだった涙を引っ込めた。

「じ、実は……自分は、お爺さんの役に立てないんじゃないかと思って……」

「そんなわけないだろ」

三谷は、迷うことなくヨモギの不安を否定した。

「……でもまあ、何か事情があるみたいだな。あと少しで休憩に入るから、売り場を見て待っててくれ」

「えっ……」

「話、聞くから。ただし、昼飯を食いながらだけど」

「あ、有り難う御座います！」

ヨモギは深々と頭を下げる。三谷はほのかに苦笑して、そんなヨモギの頭をポンと撫でた。

「大げさだな。待ってろよ」

その手のひらの感触は、硬くてひんやりしていたが優しく、ヨモギはまた涙がこぼれそうになったのであった。

数十分後、三谷は売り場をウロウロしていたヨモギの元へと駆け付けた。

「悪い。待たせて」

「いいえ。売り場を見させて頂いたので」とヨモギはぺこりと頭を下げる。

「お前は、いちいち律儀だよな」

「……あんまり、良くないですかね」

しょんぼりするヨモギに、「そんなことないけど」と三谷は否定した。

三谷はバックヤードの棚の中にエプロンを放り込み、自分のトートバッグを取ってくると、ヨモギと共に売り場を離れる。

「本当に元気がないな。いじめられたのか？」

「ち、違います！　僕がただ、役立たずで……」

「うーん……」

そんなことないと思うけど、と再度否定しつつ、三谷はエスカレーターを下りた。ふたりが目指したのは、すずらん通り側にあるウッドデッキだった。

「ふぅん、天気が良くなったんだ。朝は曇りだったけど」

外に出るなり眩しい日差しがふたりを迎えたので、三谷は空を見上げて言った。先ほどまで外にいたというのに、ヨモギは空が晴れているのに気づかなかった。いや、気づけないほどに疲弊していた。

ウッドデッキの近くにある街路樹の周りには、ベンチがある。

数人のビジネスマンが日向ぼっこをしながら読書をしていたけれど、ふたりが並べるスペースはあった。

「あそこに座ろう。お前、飯は？」

「食べなくても大丈夫です」とヨモギは頷く。

「ああ、そうか。お稲荷さんの使いだったもんな」

三谷とヨモギはベンチに腰を下ろす。三谷はトートバッグの中から、コンビニで買ったと思しき焼きそばパンを取り出した。

「飯食いながら聞くことになって悪いな」

「い、いいえ！　そんなのむしろ、聞いて頂けるだけで有り難いっていうか！」

ヨモギは首をぶんぶんと横に振って恐縮する。

何処から話したらいいものかと悩んでいると、ふと、芳しい香りがした。ヨモギは思わず、鼻をひくつかせる。

「カレー？」

ヨモギが思わず呟（つぶや）いてしまった言葉に、「ああ」と三谷は納得したような声をあげる。

「この辺、カレー屋が多いんだ。特に今はランチタイムだから、その辺のビジネスマンがカレーの匂（にお）いを引っ付けて歩いているんだろうな」

「喫茶店も多いですよね。食べるところには不自由しないっていうか……」

「元々、学生が集まる街だったしな。学生は、お腹空（なかす）かせてるだろ？」

「確かに……」

ヨモギは納得したように頷いた。

「カレー屋、多少なら知ってるから、今度紹介しようか？」

「えっ、いいんですか？」

「そこまで詳しいわけじゃないけどな。俺、ジャガイモ好きだから、ジャガイモをつけてくれるところを教えるわ」

「ジャガイモって、カレーに入っているわけではないんですか……？」

ヨモギは、目を丸くする。

「ああ。カレーに添えてくれるんだ。多分、カレーをつけて食うんだろうけど、俺は単品でもいける」

「へぇ……」

カレーライスに、ごろんごろんと添えられたジャガイモを想像する。じゃがバターのように蒸かしてあるのだろうか。

「美味しそうですね……！」

「ああ、美味いよ」と三谷は自信満々に頷いた。

三谷のところを訪れる楽しみがまた増えた。顔を綻ばせるヨモギを見て、三谷はこくりと頷いた。

「で、何があったんだよ」

少しは落ち着きを取り戻したであろうヨモギに、三谷は問う。

「実は……」

ヨモギは、ぽつぽつと今日起こったことと、今までの経緯（いきさつ）を説明する。

お爺さんが犬神の千牧を拾ってきたこと。その千牧が、大活躍をしてくれていること。そして、それに比べて何の役にも立てない自分に嫌気がさしていること。その結果、いつの間にかきつね堂を抜けて、ここまで来ていたということを洗いざらい話した。

「ははーん、成程ね」

三谷は、焼きそばパンを頬張りながら話を聞いていた。

「強力なライバル登場ってところか」

「僕なんか、ライバルにもなれないっていうか……」

「その、なんかっていうのは無しにしよう」

三谷はぴしゃりと言った。

「自分を貶（おとし）めると、その分だけ這（は）い上がれなくなるぞ」

「でも――」

「でもも、無し」

三谷は、更に畳みかけた。

「お前は、よく頑張ってると思うよ。だからこそ、悩みに悩んで、いつの間にかここに着いてたわけだし」

「だけど、頑張るだけじゃ駄目だと思うんです。結果を出さないと」

千牧は、売り上げという形で結果を出していた。ヨモギよりも、短期間で。

「お前の言ってることは正論だ。けど、自分に厳し過ぎるんじゃないか？　そんなんじゃ、疲れちまうよ」

実際、疲れてるだろうしな、と三谷はヨモギを見やる。ヨモギは、落ち込むようにうつむいたままだった。

「僕は、どうすればいいんでしょうか……」

消え入りそうな声を出すヨモギに、三谷は答えた。

「肩の力を抜けばいい」

「肩の力を？」

ヨモギは目をぱちくりさせ、三谷は頷く。

「役に立たなきゃ、失敗しちゃいけないって肩に力を入れているから、いざ、上手く行かなかった時に凹（へこ）み易いんじゃないかと思ってさ。俺なんかは、基本的には力を抜いてるけどな」

「そういう、ものでしょうか……」

「だと思う。真面目（まじめ）なのもいいけど、失敗した時に落ち込み過ぎて、物事を冷静に見られなくなるのは良くないしな」

三谷の言うことは一理ある。ヨモギはそう思い、無言のまま頷いた。

「爺さんのところに来た犬神、スペックは高いかもしれないし、接客に向いているかもしれない。でも、犬神って商売繁昌のご利益に特化しているわけじゃないだろ？　そこは、お前にしか出来ないことさ」

「だけど、千牧君はちゃんと売り上げっていう結果も出してますし……」

「万人にウケるとも限らないだろ。通りすがった女子大生の好みと、たまたま合致しただけかもしれない。それに、女子大生が通りすがったのも、お前のお陰かもしれないじゃないか」

「僕の……？」

ヨモギは顔を上げ、ハッとする。

「もしかして、お稲荷さんのご利益の……」

周辺の人々を惹きつけるという特性が、働いたのかもしれないと言わんとしていることを察したヨモギを見て、三谷は頷いた。

「あとは、イケメンと美少年の組み合わせで、場が和んだのかもしれないしな。どっちにしても、犬神とお前じゃ特性が違うわけだし、上手く住み分けをすればいいんじゃないか？　今は個性を活かす時代だから、お互いの得意分野を活かし合えよ」

「お互いの得意分野を……」

ヨモギの目に光が戻る。それを見た三谷は、ヨモギの頭を撫でるように、ポンと手のひらを置いた。

「冷静になれないと、そうやって判断を誤るものさ。肩の力を抜いて、柳のように生きるんだ」

ヨモギは、強風を受け流してしなる柳の木を思い出す。ひょろりとした姿もそうだけど、その柔軟性は三谷とよく似ていると感じた。

「と言っても、急にやるのは難しいだろうけどな。お前の生来の性格っていうのもあるし。ま、ほどほどに頑張れ」

「……そうします」

ヨモギは頷き、ぐっと拳を握り締めた。「それでいい」と三谷もまた頷く。

「そうすれば、勤務中に職務放棄をして、神保町に出掛けるなんてこともなくなるだろうしな」

「職務放棄……」

三谷の言葉を繰り返したヨモギは、全身の毛が逆立たんばかりにハッとする。

「そうだ！　勤務時間中でした！」

「爺さんも犬神も、お前のことを心配してるかもしれないぞ。早く帰ってやれ」

三谷はいつの間にか焼きそばパンを完食し、口元に付いた青ノリを指先で拭いながらニヤリと笑った。

ヨモギはベンチからぴょんと飛び降りると、三谷に向かって背筋を伸ばす。

「三谷お兄さん、アドバイス、有り難う御座いました！」

直角を描くほどに頭を下げるヨモギに、「大したことはしてないよ」と三谷は返した。

「ま、悩みがあったらいつでも聞くぜ。次は勤務時間外にな」

「はは……、そうですね。その時は宜しくお願いします」

ヨモギは苦笑をしながらも踵を返し、三谷の方を何度も振り返りながらきつね堂への帰路へと就いたのであった。


ヨモギが小走りできつね堂に戻ると、何やら店先で千牧と誰かが揉めているようだった。

とはいえ、千牧と話している人物は割と普通のトーンで、千牧がひたすら狼狽えているという状況だったが。

「ごめんね。今戻りまし――」

た、と言い切る前に、ヨモギを見つけた千牧が抱きついてきた。

「ヨモギ、何処に行ってたんだよ！」

「ご、ごめん。勤務中にいなくなったりして……」

「ずっと探してたんだからな！　接客、俺ひとりじゃ出来ないし！」

「そんなこと……」

ないんじゃない、とフォローしようと、ヨモギは千牧が応対していたお客さんを見やる。

「あっ」

ヨモギは思わず声をあげた。そこにいたのは、ボブカットの若い女性だった。

「兎内さん！」

「ヨモギ君、お帰りなさい！」

兎内さんはヨモギを見るなり、ぱっと表情を輝かせた。

「良かった、君が来てくれて！　イケメン君にヨモギ君が何処に行ったのか尋ねても、知らないっていうから焦っちゃって」

兎内さんは、どうやらお昼休みの時間を割いてきつね堂に来たらしい。彼女は、クリアファイルの中から図案を幾つか取り出した。

「ミニコミ誌の置き場、ディスプレイを作ろうと思うの。あ、勿論、今のスペース以上は貰わないつもりだけど」

どうやら、ディスプレイを置いてミニコミ誌を目立たせたいらしい。そのためのデザインを、幾つか考えて来たとのことだった。

「わー……！　可愛いデザインですね。マスコットキャラクターが向かい合っているやつと、踊っているやつかぁ……」

ヨモギは図案を比較し、売り場を眺め、「うーん」と首を傾げる。その様子を、兎内さんと千牧は息を吞(の)んで見守っていた。

「向かい合っているパターンは前にも使いましたし、踊っている方がいいかもしれませんね。新鮮味があって、人目を惹くかも」

ヨモギは、ディスプレイの形に合わせてミニコミ誌の配置を少し変えてみてはというアドバイスをしつつ、兎内さんに図案を返却する。

ヨモギの意見に、兎内さんは嬉(うれ)しそうに表情を輝かせた。

「成程ね、有り難う！　やっぱり、君の意見を聞いて良かった。目から鱗(うろこ)だよ！」

「へぇ～、ヨモギってそういうこともやってるんだ……」

千牧は、目をぱちくりさせる。

「う、うん。お店が盛り上がるには、どうすればいいかって色々試してるんだ。兎内さんのミニコミ誌を目的に来てくれる人もいるから、売り場のいいところに置きたくて」

ヨモギは、この辺りだとミニコミ誌をより見つけ易くて、周りの本も注目して貰えるかも、とディスプレイの置き場所を提案する。兎内さんは、自分の図案とその場所を交互に眺め、「あー、成程」と頷いた。

「お爺さん、この件は僕に任せてくれているので、場所の確認も必要ないそうで。兎内さんさえよければ、次からはこの場所をお貸ししますけど」

「あっ、そうして。売り場のことは、ヨモギ君の方がよく知ってるしね」

「えへへ、恐縮です」

ヨモギは照れくさそうに後頭部を掻く。兎内さんは図案を小脇に抱え、満足そうにランチを取りに去って行った。

その背中を見送ると、千牧は感心したようにヨモギを見やる。

「すごいな。それも接客のうち？」

「うーん。今のは少しイレギュラーかな。兎内さんはお客さんだけど、うちの協力者でもあるし、戦略会議って感じ……？」

首を傾げるヨモギに、「かっこいいー」と千牧は目を輝かせた。

「あのデザインも、どっちがいいかなんて分からなかったしさ。ホントに、どっちもいいんじゃないかなって感じで」

「まあ、確かにどちらも素敵だったけどね。でも、飾れるのは一つだし。それに、二つ飾ることで両方とも目立たなくなることもあるし」

ヨモギの意見に、千牧は目を丸くする。

「いっぱい採用すればいいってもんじゃないんだな」

「時には、引くことも必要なんだよね。シンプルが一番だっていう説もあるし」

「ほぇ～」

千牧は口を半開きにし、感心したような声をあげる。犬の状態であれば、その口から舌をはみ出させていたことだろう。

「そういうの、俺には分からないな。流石(さすが)は、商売繁昌のご利益を持ってるお稲荷さんの使いって感じか」

すごいな、と千牧はヨモギを賞賛する。

「そっか。これも僕の特技……なのかな」

「そりゃそうだろ。少なくとも、俺には出来ないし。誰にでも出来るもんじゃないさ」

千牧は、ヨモギの頭をポンポンと軽く撫でる。

頼りにしてるぜと言わんばかりのそれに、ヨモギは自信がむくむくと湧(わ)き上がるのを感じた。

そうしているうちに、往来を通り過ぎようとしたビジネスマンらしき男性が、店の前で足を止める。物珍しさから入って行くのを見て、その後ろを歩いていた妙齢の女性も店に足を踏み入れた。

「おっ、賑(にぎ)わってきたな。さっきまでは、あの女の人だけだったんだ」

「ランチタイムなのに、兎内さんだけ？」

ヨモギが不思議そうに尋ねると、「そう」と千牧は頷いた。

「周りがビルに囲まれているせいか、あんまり目立たないんだよな、ここ。だから、みんな通り過ぎちゃって。だからって、呼び込みをするわけにもいかないし」

「呼び込みをしたら、別のお店になっちゃうね……」

「だよな」と千牧は頷いた。

「お客さんがいきなり来たの、ヨモギのご利益のお陰じゃないか？」

「あっ……」

そうだった、とヨモギは三谷の言葉を思い出す。自分は、客寄せのご利益を授かっているのだった。

「ホントに、戻ってきてくれて良かったぜ」

千牧は歯を見せて、嬉しそうに笑う。そんな千牧に、ヨモギもまた、照れくさそうに笑い返した。

お互いの得意分野を活かし合えばいい。

三谷がそう言ったように、ヨモギにはヨモギのよさがあり、千牧には千牧のよさがある。どちらかが欠けてしまうと、もう片方の個性も活かしきれないのだろう。現に、千牧の人懐っこさは、人がいないところでは効果を発揮しない。ヨモギが人を引き寄せたところで、初めて発揮されるものだった。

「そっか……。僕にもちゃんと、居場所があるんだ」

自分に自信が持てなくて、居場所が無いと感じただけだったのか。ヨモギもまた、目から鱗が落ちるのを感じる。

「すいませーん。探してる本があるんですけど」

先ほど入って来たビジネスマンが、ヨモギと千牧を呼ぶ。ふたりは顔を見合わせると微笑み合い、「今行きます！」とお客さんの元へと向かったのであった。

第三話　ヨモギ、火車を手助けする

都内にある古いアパートの一室に、若い男性が住んでいた。

その家には毎日、日没頃になると痩せぎすの黒猫がやって来る。

アパートはペット厳禁だったが、この黒猫は野良だった。

黒猫がやって来るようになったきっかけは、一階の角に位置する部屋の主たるこの男性が、雨宿りしていた黒猫を家に入れてやったことだった。

それ以来、黒猫はやって来る。

男性は周囲に迷惑をかけてはいけないと思っていたので、猫に餌をやらずにいたが、それでも猫は来るのだ。

家に入れないと、窓の外からじっと見ている。暗くなっても尚輝く、金色の瞳で。

「また来たのか」

猫に勝るとも劣らない痩せた男性は、窓を開けて猫に話しかけた。

猫は無言で男性を見つめている。ほとんど鳴かないし、仲間を連れてくる気配がなかったので、男性が気にしていた近所迷惑になることもなかった。

「どうして俺のところに来るんだ？　餌なんてないのに」

「……」

黒猫は、黙って男性を見上げている。男性はため息を一つ吐くと、観念したように黒猫を招いた。

「ほら、入りな。ここにいるところを見られても、都合が悪いし……」

「にゃあ」

黒猫は、有り難いと言わんばかりに小さく鳴いて、するりと家の中へと入る。

「ほら。これ使って」

窓の近くに置いていた古いタオルを、男性は黒猫の足元に放った。

すると、男性が言わんとしていることを理解したかのように、黒猫はタオルを踏み踏みして、足の裏についた泥を拭った。

「お前、頭いいな。こっちの言ってること、分かるのか？」

「……」

黒猫は、男性を見上げる。その無言の眼差しには知性すら窺えたが、「まさかな」と男性は目の前の出来事から目をそらした。

「なんだって、うちに来るんだ。外が寒いのか？」

男性はそんなことを言いながら、六畳間の隅にある安っぽい机に向かった。

「締め切りが迫っているんだ。お前の遊び相手は出来ないぞ」

パソコンと向かい合い、男性は重い息を吐く。

黒猫はひょいひょいと机の上に駆け上り、パソコンのディスプレイを覗き込んだ。ワープロソフトは立ち上がっていたが、内容は白紙だった。

「ナァ」と黒猫は男性の方を見やる。

「見ての通りさ。筆が進まないんだ」

男性が椅子にもたれかかると、今にも壊れそうな軋み方をした。

黒猫は邪魔をするでもなく、机の上でじっとパソコンを見つめている。男性に、早くキーボードを打って、文字を生み出せと言わんばかりに。

「焦らせないでくれ」

男性は頭を振った。

「もう次がないんだ」

「ナァー……」

「デビュー作も売れなかったし、その次だって……」

男性の机の上には、二冊の本が重ねてあった。

いずれもフィクション小説の単行本だった。片方には金色の帯がかかっていて、或る出版社が主催する新人賞の大賞受賞作である旨が書かれている。有名な小説家が太鼓判を押すようなコメントを寄せ、絢爛豪華な美辞麗句が並べられ、ページ数も多く、読み応えもありそうだった。

しかし、もう一冊には帯がかかっていなかった。厚みも帯がかかっている方に比べて、薄っぺらい印象を抱くほどだ。

この二冊の落差は、明らかであった。

そこにあるのは、出版社からの期待のギャップか、それとも、著者本人のモチベーションの低下か。もしくは、その両方か。

「もう、後がない！」

男性はその二冊を机の上から引ったくり、すすけた畳の上へと投げ捨てた。

「俺は小説家として生きて行こうと思ったのに、こんなに早く道を断たれるなんて……！」

「ナァーン」

黒猫は男性の方を見つめながら、小さく鳴いた。

「お前、慰めてくれるのか？」

男性は、黒猫の頭を撫(な)でようとした。すると、黒猫は男性の手のひらに鼻面を押し付け、舌先でペロペロと舐(な)めた。

「ははっ、くすぐったいよ」

男性は思わず顔を綻(ほころ)ばせる。

黒猫のお陰で落ち着いたようで、男性は床に投げ捨てた本を回収した。埃を丁寧に払い、深いため息を吐く。

「俺が寝ている時に、お前が書いてくれればいいのに」

男性の言葉に、黒猫は静かに首を振った。

「ははっ。やっぱりお前、俺の言葉が分かるんじゃないのか？」

「ナァ」

黒猫は尻尾を一振りすると、前脚でキーボードを叩く。まるで、早く執筆を始めろと言わんばかりだった。

「分かったよ。頑張ってみる」

男性は苦笑しながら、再び白紙の画面と向き合う。

しかし、どれだけ悩んでも、男性は文章を書き出すことが出来なかったのであった。

販売会社から荷物が来た。

ヨモギは販売会社の名前が印刷された段ボールを前に、目を輝かせる。

「それ、本か？」

千牧は首を傾げる。

すると、ヨモギは「新刊だよ！」と笑顔で言った。

ランチタイムが過ぎ、客足が途切れた昼下がりのことだった。店内には、ヨモギと千牧と、販売会社から来た段ボールがあった。

「新刊？」

「そう。明日発売の新刊が、ちゃんと入荷したんだ。ダメもとで頼んでみたけど、実績が認められたみたい」

ヨモギの言葉に、千牧もまたぱっと笑顔になる。

「やったな！」

「うん！」

「それじゃあ、早く売り場に出さないと！」

段ボールに手をかける千牧に、「だめ」とヨモギが制止した。

「どうして。折角、新刊が来たのに？」

「でも、発売日は明日だから」

「一日でも、早い方が喜ばれるんじゃないのか？」

千牧は腑に落ちない様子だ。「それはそうだけど」とヨモギは段ボールを奥にしまいつつ、説明をする。

「これは発売協定品だから、そんなことをしたら怒られちゃう」

「協定品？」

「そう。発売日を絶対に守らなきゃいけない本なんだ。もしそのルールを破ったら、次は新刊をくれなくなっちゃうかも」

「それはマズいな……！」

千牧もまた、ヨモギを手伝うように段ボールをグイグイと店の奥へと押し込んだ。

「新刊は、全国の書店に同時に配れるわけじゃないからね。地域や運送会社によって、どうしても入荷が早いところと遅いところが出ちゃう」

「そうなると、入荷が早いところが得をするっていう……」

「そういうこと。不公平になっちゃうしね。協定は守らないと」

「う―ん、難しいもんだな。読者は一日でも早く欲しいだろうに」

「お客さんのことを考えると、本当にその通りなんだけどね。でも、それをやったら他の書店に迷惑がかかっちゃう」

「色んなことを考えないといけないんだな」

「そういうこと」とヨモギは頷いた。

「俺、犬養家にいる時は、家のことしか考えて来なかったからさ。そういう社会全体のことって、配慮するのが難しくて」

「僕も完全に理解しているってわけじゃないけど、僕が分かることは教えるよ」

「ありがとな、ヨモギ」

千牧は歯を見せて笑う。ヨモギもまた、にっこりと微笑(ほほえ)んだ。

ふたりいるのだから、お互いに足りないところは補い合えばいい。ふたりとも全く違う特技を持っているのだから。

「でも、準備は出来るかな」

「うん。新刊を並べるところを確保することは出来るね」

ヨモギは同封されたリストを、千牧と一緒に覗き込んだ。ずらりと並んだ新刊は点数が多く、きつね堂の狭い棚を空けるのは一苦労だ。

「大手の出版社だし、注目作も多いな。出来るだけ、目立つところに置きたいけれど」

「この辺なんてどうだ？」

千牧は通りに近い棚を指さす。確かに、通行人から見える位置なので、目立つ場所ではあった。

「いいかもね。今ここにある本は、ちょっと後ろに下げようか。そのための場所を確保しよう」

「えっ？　今ある本をどかせばいいんじゃないか？」

「今ある本も、目立たせたい本だからね。一番目立たせていた本を二番目にして、二番目にした本を三番目にするっていう感じにするんだ」

「それじゃあ、どかす本は……」

千牧とヨモギは、店の奥の方を見やる。

外界の光が差し込まない店の奥は、店の照明すらぼんやりと陰っていた。

店の奥へと足を運ばなくては見えない場所に、置かれてからかなり経っていると思しき本が並んでいる。

ヨモギが毎日掃除をしているお陰で、埃は被っていない。だけど、湿気を吸ってかカバーは少しばかりたわんでしまっていた。

「あの辺に、なるのか……」

「そう……なるね」

ヨモギは、店の奥から売り上げ履歴を引っ張り出す。

古いファイルに、販売した本のスリップが日付順に並べられていた。三谷が勤務しているような大きな書店であれば、コンピューターで管理しているのだが、きつね堂にそんなハイテクなシステムはなかった。

「やっぱり……。ずっと売り上げが立ってないみたいだね」

「これ、さ。どかすってことは……」

「返品しなきゃ……」

ヨモギと千牧は、お互いに顔を見合わせるとため息を吐く。売り上げ履歴を調べつつ、新刊の点数分だけ、返品する品目を選別する。

「ごめんね、売ってあげられなくて……」

「まあ、これで販売会社ってところに戻れば、次の出会いがあるんだろ？　気を落とすなって」

千牧は、ヨモギと返品する本を励ますように言った。

そうだ。返品されたからと言って、そこで終わりではない。きつね堂で出会いの機会はなかったかもしれないけれど、別の書店で求められているかもしれないし、そこで出会いがあるかもしれない。

ヨモギもまた、「次の場所で出会いがありますように」と祈りを込めながら、空いた段ボールの中に本を丁寧に詰めた。彼らはまだ長い旅をするので、手荒に扱ってはいけない。長い旅の先にも、お客さんがいるからだ。

「とりあえず、どの本も返品出来そうかな……。時間が経ち過ぎた本は、返品出来ないこともあるからさ」

「本屋さんって、ルールが複雑なんだな」

お爺さんから教えて貰ったとおりに書類を書き始めるヨモギを眺めながら、千牧は眉を下げた。

「少しずつ覚えていけばいいさ。僕も、最初はチンプンカンプンだったから」

「そうだな。習うより慣れろっていうし」

「そういうこと」とヨモギは頷く。

ヨモギが書類を書いている間、千牧は荷造りをしていた。段ボールの中の本が傷まないように、段ボールの歪みを直し、隙間に梱包材を詰め、きっちりとガムテープで封をした。

「これで良し、と」

「こっちも出来た」

ヨモギも書類を書き終えた。少々たどたどしい字であったが、ヨモギの誠実さがよく表れた文字であった。

「すげーな。ヨモギは字も書けるんだ」

「千牧君は書けないの？」

ヨモギの問いに、千牧は首を激しく横に振る。

「前脚で物を掴むのって、難しくない？」

「あー……。千牧君、ご飯を食べる時もお箸を握ってたよね」

「小銭を数えるのも苦手でさ」

千牧は、犬の姿であったのならば耳を伏せんばかりだ。

「そのうち慣れるよ。それまでは、難しそうだと思ったことは僕がやるから」

「ん、ありがとな」

ヨモギにポンと背中を叩かれ、千牧は嬉しそうに笑った。ヨモギは千牧の役に立てることが嬉しかったし、支え合えることに幸せを感じていた。

「……これが、仲間っていうのかな」

ヨモギがポツリと呟く。すると、千牧は目を瞬かせた。

「あ、ごめん。勝手に仲間意識を持っちゃって」

「いや。俺、今、すっげー感動した」

千牧は目をキラキラさせている。犬の姿であったら、尻尾を振らんばかりであった。

「それに俺達、イヌ科だしな！　仲間、仲間！」

「ははっ、そうだね」

千牧の言葉に、ヨモギはくすりと微笑む。

そんな時、店先にふと、影が差した。

「いらっしゃいませ」

ヨモギと千牧は、反射的に声を掛ける。だが、ヨモギは「あっ」と声をあげ、千牧は
「ああん？」と顔をしかめた。

「てめぇ、何処のシマのモンだ」

千牧は、客に向かって牙を剝く。

唸る千牧を、ヨモギは慌てて制止した。

「千牧君、違うよ。このひとは……」

「獣臭いと思ってやって来たら、犬を飼い始めたんですね」

店先に訪れたスーツ姿の男性は、呆(あき)れたようにため息を吐いた。澄まし顔のビジネスマンを前に、千牧は唸りつつも引き下がる。

「菖蒲さんも……獣だと思うんですけど」

「私はある程度、においを消してますよ」

スーツ姿の男性——菖蒲はしれっとした顔で言った。

「このにおいは、狸(たぬき)だな。狸野郎が、うちに何の用だっていうんだ」

千牧は菖蒲を露骨に警戒している。

犬神は家を守ろうとするので、勘付いているのだろう。菖蒲が、きつね堂を狙(ねら)っているということに。

「ええっと、菖蒲さんは悪いひとじゃないから！　胡散臭(うさんくさ)いけど！」

ヨモギはふたりの間に入って仲裁しようとする。だが、菖蒲も黙っていなかった。

「胡散臭いとは心外な。私は立派な会社員ですよ。身分も保証されています。そこの、どこの馬の骨とも分からない犬とは違いますから」

「はぁぁ？　馬の骨じゃねーし。犬だし！」

千牧は、ヨモギを押さえて菖蒲にガンを飛ばす。

まさに一触即発。

そんな時、奥からお爺さんがやって来た。

「ヨモギ、千牧。ちょっと休憩に——っと、失礼。菖蒲さんもいらっしゃったのか」

「……どうも」

お爺さんにぺこりと頭を下げられ、菖蒲もまた礼を返した。

お爺さんは、お煎餅（せんべい）が入った器をヨモギに渡し、「一息入れなさい。これを、みんなで食べて」と言って、再び奥に引っ込んでしまった。

「あ、有り難う御座います……」

「ありがとな、じいさん……」

ヨモギも千牧も、大人しくお爺さんの背中を見送った。三人とも、すっかり毒気を抜かれてしまった。

「あの、召し上がります？」

器を持ったヨモギは、菖蒲と千牧にお煎餅を渡す。三人は店の奥に入ると、お煎餅をかじり始めた。

ヨモギは、菖蒲に千牧が店で働くことになった経緯（いきさつ）を話す。

行き場を失った犬神だということを知ると、菖蒲の表情は些（いささ）か同情的になった。

「それはそれは……。随分と苦労したんですね」

「まあな。だけどよ、今はここのうちに迎え入れて貰ったし、いい出会いがあって良かったぜ」

「良縁が結ばれたということでしょうか。まあ、貴方達(あなた)のいずれもそういったご利益はありませんけど」

菖蒲は、お煎餅の粉を飛ばさぬよう気遣っているのか、遠慮がちにかじりながらヨモギと千牧を見やる。

「それはきっと、千牧君が自分の手で掴んだんですよ」とヨモギは微笑む。

「そうそう。俺の自慢の前脚でな」

千牧はお煎餅を頬張(ほおば)り、バリボリと音を立てて噛(か)み砕きながら誇らしげに言った。菖蒲は些か呆れつつも、「まあ、それは良かったですね」と返す。

「ところで、菖蒲さんは何をしにここへ？」

通りすがりですか、とヨモギは煎餅を両手で持ち、ちまちまと食べながら問う。

「本を買いに」

「へー、本を買いに」

ヨモギは納得したように相槌(あいづち)を打つ。

だが次の瞬間、弾(はじ)かれたように立ち上がった。

「って、お客さんじゃないですか！」

「そうですね」

頷く菖蒲に、ヨモギは慌てて煎餅を口の中に詰め込み、千牧はエプロンで手を拭き始めた。

「そんなに慌てなくてもいいですよ。煎餅を喉に詰まらせられてはたまりませんしね」

お爺さんも心配するでしょうし、と菖蒲はマイペースに煎餅を食べていた。

「でも、どうして、本を買いにうちに？」

ヨモギは意外そうな顔で首を傾げる。

「私が本を読んだらおかしいですか？」

「いや、なんか菖蒲さんは、ポイントカードのポイントを貯めるために大型チェーン店で買いそうだと思って」

「今日の営業のルートを考えると、大型チェーン店まで歩くコストの方が高くつくからです」

「あー、成程……」

納得するヨモギの後ろで、「意外とケチなんだな」と千牧は言った。

「倹約家と言って欲しいですね」

菖蒲は煎餅を食べ終えると、包み紙を紙縒りのように小さくまとめた。ヨモギはそれを受け取り、ゴミ箱に捨てる。

「で、どんな本をお探しなんですか？」

ヨモギは菖蒲に問う。すると、菖蒲は「これなんですが」と携帯端末の画面を見せた。

「あっ。これって、明日発売の……」

「もう、入荷していると思いまして」

菖蒲は鼻をすんと鳴らす。商売ごとに敏感な菖蒲は、商品の物理的なにおいではなくて、直感的なにおいに気づいているのかもしれない。

誤魔化しは利かないだろうなと思ったヨモギは、素直に説明することにした。

「そ、それなんですけど、協定品なので発売日以降じゃないとお売り出来ないんです」

「ああ、そういうルールですか。じゃあ、仕方ないですね」

菖蒲はあっさりと引き下がった。

「なんだ。意外と素直じゃんか」

千牧は、ほっとしたように胸を撫で下ろす。

「駄目で元々でしたからね。知り合いならば忖度して頂けるかと思いましたが、まあ、そういうルールなら仕方がありません」

「ちゃっかりしてんな」

千牧はすっかり呆れていた。

「すいません……。入荷はしてるので、また明日来て頂ければ……」

ヨモギは、二度手間を取らせることに申し訳なさを感じてか、縮こまってしまう。そんな彼に、菖蒲は、「それじゃあ、取り置きで」と返した。

「有り難う御座います！」

「明日もこの近くを通りますしね。そのついでに買いに来ましょう。まあ、すぐに入用というものでもないですし」

菖蒲の話を聞きながら、ヨモギはカウンターの目立つ場所にメモを置いておく。本のタイトルと、菖蒲が予約している旨をちゃんと記しておいたのだ。

「あれ。でも、これって……」

商品のタイトルを改めて眺め、ヨモギは目をぱちくりさせた。

商売一筋で現実的な菖蒲のことだから、ノンフィクション系の読み物を購入しようとしているのかと思ったが、そうではないことにヨモギは気づいたのだ。

「そこの出版社の新人賞の受賞作です」

「へぇ……。こういうのも読むんですね」

「商売の話が題材になっているようなので」

「ああ、そういう……」

ヨモギは心底腑に落ちてしまった。

「あと、新人作家のデビュー作っていうのにも興味がありますね」

「あっ、そうなんですか」

「その出版社が何を売り出そうとしているか、商売の傾向が分かって面白いので」

「あ、はい」

どうやら菖蒲は、文芸の世界に純粋な興味があるわけではないらしい。

(でも、本を買ってくれるのなら大事なお客さんか)

きっかけや動機は何でもいい。本を手に取って、購入してくれるひとは、等しく大事なお客さんとなる。

「それにしても、何処も世知辛いようで」

「えっ?」

話し始めた菖蒲に、ヨモギと千牧は首を傾げる。

「ここの本屋も大変ですが、出版業界自体が大変なようですしね。どうにか活路を見出(みいだ)そうとしているので、上手(うま)く行って欲しいもんです」

「そう……ですね」

昨今、本の売れ行きは落ちている。それでも、出版業界は若者がよく使うSNSなどを利用しながら、再興に向けて努力していた。

「新人作家も大変らしいですね。デビューをしても、著作が売れなければ仕事が来なくなる、と。まあ、当たり前といえば当たり前の話ですが」

「でも、全体的に売り上げが落ちている中でその状況だと、更に厳しくなっているんじゃあ……」

「だから、世知辛いんですよ」

菖蒲は、やれやれと言わんばかりに肩を竦めた。

「未だに、小説家というのは憧れの職業のようですからね。夢を追って来ても、待っているのは数字を競う現実。華々しくデビューをしても、売れなければ生き残れない。だから、作家も努力をしなくてはいけないんです。執筆以外にもね」

自らアカウントを取得し、ＳＮＳで宣伝する作家もいるという。ヨモギも、お店のアカウントで何人かの作家をフォローしていた。彼らは、新刊の詳細な情報を発信してくれるからだ。

「ほえー、新人作家も大変だな」

千牧は目をぱちくりさせる。

「でも、出版社が宣伝してくれるんじゃないのか？」

「それだけでは足りない、ということなんでしょうね」

菖蒲は鋭く言った。

「何事にも多様性がある時代ですから、宣伝媒体も多いんですよ。新聞とテレビだけを見ている時代ではなくなりましたしね。新聞に広告を打っても、新聞を取らない世帯なんてごまんとある。その場合、新聞を取らず、書店に定期的に行くわけでもない人々は、新刊の存在自体知らないことになるんです」

「うわ……、やば……」

千牧は顔を青ざめさせた。買うか買わないかを検討してもらうという、土俵にすら上がれないということか。

「だから、様々なツールで宣伝をしなくてはいけないわけです。出版社でカバー出来ない部分は、作家個人がどうにかするしかない。そういう時代なんですよ」

何が悪いというわけではない。全ては、世間がそういう流れになってしまったというだけだった。

「その時代の流れに乗らなくては、時代の波に呑まれて消えていくだけですね。そうやって消えていったものは、過去にも沢山あります。そうならないためにも、足掻かなくてはいけない」

時代は常に移り変わっている。安穏としている暇はないのだと、菖蒲は言った。

ヨモギもまた、それは他人事ではないと実感していた。きつね堂が置かれている状況こそが、波に呑まれる寸前だったからだ。

「それでもまあ、新人賞のデビュー作ならば、出版社はかなりの気合を入れるでしょうけどね。賞金だって出しているわけですし」

「よく、何十万円とか何百万円の賞金が云々っていう広告が出てますよね」

ヨモギも見覚えがあった。巻末などに記されていたはずだ。

「あれは基本的に、新人作家への投資ですから。渡した賞金以上に利益を出さないといけないわけです」

「へー。応募してくれて有り難うっていうお金じゃないのか」

目をぱちくりさせる千牧に、「そこまで余裕があるとは思えません」と菖蒲はぴしゃりと言った。

「基本的には、社会では皆が、自分にとって利益になることをするんですよ。それは、関わっている人が生きるためであり、人としての幸福を得るための当然のことです」

「そ、そういうもんなのか」

「そういうもんなんですよ。優しさや思い出では飯が食えません。逆に、飯が食えていれば、優しさだって生まれてくるし、思い出だって守れるわけです」

「ううん、成程……」

俺も家があってこそ色々出来るしな、と千牧は自分なりに納得していた。

「とにかく、作家に賞金を渡したからには、それ以上の利益を挙げなくてはいけない。渡しただけでは、会社にとって損失ですしね。だから、広告を沢山打って広く宣伝したり、沢山刷って単価を下げたり、とにかく、ありとあらゆることをするでしょうね」

「でも、広告を打つのもタダじゃないですし、沢山刷ったら単価は下がるかもしれないけれど、印刷代は嵩むのでは……？」

遠慮がちに言うヨモギに、「いいところに気づきましたね。流石です」と菖蒲は賞賛した。

「なので、最終的に売れてくれないと困るわけです。そうでなくては、コストを回収出来ませんから」

「じゃあ、売れなかったら大損失ですね……」

「そうですね」

そうなってしまった時の新人作家への待遇は、想像に難くない。

「まあ、新人作家のデビュー作となると、売れなかったのは戦略が悪かったかタイミングが悪かったか、ということになるんでしょうけどね。だから、二作目や三作目を出すチャンスが得られることもあります」

そこで、新人作家の真価が問われる。

デビュー作にファンがついていれば、そのファンが二作目や三作目を購入する可能性もある。だが、そうでなければ――。

「……二作目や三作目も、物凄く大事なんですね」

「そうですね」

ヨモギの言葉に、菖蒲は頷いた。

「新人賞を受賞したというくらいなので、受賞者には何かしら光るものはあるはずなんです。だからこそ、全ての作品が売れて、全てが生き残ってくれればいいんでしょうけど」

菖蒲は、思うことがあるような顔をしていた。

「もしかして」とヨモギは察する。

「私がデビュー作を買って気に入った作家も、結局は二作目が売れなくて、それっきり見なくなってしまいましたね。私はいずれも購入したんですが、売り上げが芳しくなかったようで」

「そう……なんですか」

「それは、しんどいな……」

ヨモギも千牧も、自分達のことのようにうつむいた。

「まあ、商売の世界というのはそういうものですから」

菖蒲は割り切ったようにそう言ったが、その横顔は寂しげであった。

「多様性が求められ、選択肢が多くなっているので、答えが見つかり難い時代になっています。だから、生き易くなっている人もいれば、生き難くなっている人もいる。誰もが幸福になれることなんて、ないというわけですね」

「誰もが幸福になれることなんてない……」

ヨモギと千牧の表情は、一層暗くなる。だが、ヨモギはぷるぷると首を横に振った。

「でも、幸せを分け合うことは出来ると思うんです」

「一つしかない幸せを、二人が奪い合うよりも、二人で半分にした方がいいということでしょうかね」

菖蒲の問いに、ヨモギは頷いた。

「まあ、それもいいんじゃないでしょうか。幸せになる方法もまた、一つではありませんし」

「うーん。みんなで幸せになるのが理想だけど、そういうわけにもいかねぇのな……」

千牧もまた、難しい顔をして首を傾げていた。

「質量保存の法則ってやつじゃないですか？　幸せにもきっと、もともと限りがあるんでしょう」

ですが、と菖蒲は続ける。

「善き行いをしている人間に、出来るだけ多く幸せを分けることは出来ます。それが、我々の仕事ですね」

ヨモギと千牧は、顔を見合わせた。

「それって、ご利益のことですか……？」

「そうですね。我々は、こちらの判断で幸福の分け前を変えることが出来ます。貴方達も精々、善行を積んでいるお爺さんのために頑張って下さい」

菖蒲はそこまで言うと、立ち上がった。

「もう、行くんですか？」

「ええ。これから訪ねなくてはいけない場所がありますしね。いつまでも休憩をしているわけにはいきません」

菖蒲は、素っ気無く答えた。

「相変わらず、忙しそうですね」

「堅実に働くのが、幸福への近道ですから」

菖蒲の言葉に、ヨモギは深々と頷いた。千牧もまた、一瞬だけ遅れて頷く。

「いきなり稼ごうとか、有名になろうとか、そんなことをしようとしても無理が出るだけですからね。くれぐれも、そういう稼ぎ方には手を出さないように」

「そんなこと、出来るんですか……？」

「上手く行けば。でも、リスクの方が大きいと思います」

菖蒲は、カウンターの上に置かれたパソコンを見やる。

「炎上商法で、大火傷（やけど）をしている連中も見ましたからね。君達は、この店ともども、火だるまにならないように」

「ははは……、そうですね」

ヨモギは力なく笑う。炎上商法の意味が分からず、千牧は目をぱちくりさせていた。

「炎上といえば、この店に火車が来たそうじゃないですか。その後、火車は姿を見せていませんか？」

「はい……」とヨモギは答える。

あれ以来、あの黒猫と黒マントの青年は、きつね堂に姿を現すことはなかった。

「火車ァ？」と怪訝な顔をしたのは、千牧だった。彼は犬歯を剝き出しにし、菖蒲に突っかかる。

「なんでそんな奴が、きつね堂に来るんだよ。火車って言ったら、死んだ罪人を連れていくアヤカシじゃねぇか」

そんな千牧の前に、ヨモギが割り込んだ。

「時代が変わるにつれ、火車もまた役目が少し変わったみたいなんだ。罪悪感や火種に引き寄せられるみたいで」

「罪悪感や火種、ねぇ」

ヨモギに押さえられながら、千牧は姿勢を正した。

「不吉だったらありゃしない。そんな奴が来たら、俺が追い返してやる」

「……まあ、不吉といえば不吉だけど」

ヨモギはうつむく。

火車は確かに、不気味なアヤカシだった。見るだけでも不安になるほどだ。しかし、火事を警告してくれたし、結果的にお爺さんの本音を引き出すことも出来た。

「今度会ったら、ゆっくり話してみたいな」

「ヨモギぃ」

マジかよ、と言わんばかりに千牧は顔を歪めた。

「火車のことは、よく分からないことばかりだしさ。ちゃんと話を聞いた上で、どうするか考えよう」

「お、おう……」

多分、無理に追い出すようなことにはならないだろうけど。

ヨモギは何故(なぜ)かそう確信しつつも、今どこにいるか分からない相手に想(おも)いを馳(は)せていたのであった。

男性がバイト先から帰宅すると、アパートの玄関先に黒猫が座っていた。

「お前、こんなところにいたら大家さんに追い出されるぞ」

困った奴だな、と男性は苦笑する。

ガタついたドアの鍵(かぎ)を開け、周りにこちらを見ている人がいないのを確認すると、黒猫を家に招き入れた。

外はすっかり日が暮れているせいで、窓からの光が届かない玄関は真っ暗だった。

男性はため息を一つ吐くと、暗い廊下の電気をつける。

男性が靴を脱いで上がってても、黒猫はそこで待っていた。「ああ、そうだったな」と男性は古いタオルを持ってくると、黒猫の目の前に置いてやった。

「ナァ」と、黒猫は感謝をするように鳴いて、タオルで足の裏を拭いてから上がった。

「お前は賢いな。バイト先の連中とは大違いだ」

「ナァン？」

黒猫は首を傾げる。

「本当に、低俗な連中ばかりなんだ。本も読まないような、教養が無い奴らめ。話題は異性のことと金のことばかり。実のある話なんて、誰一人としてしない……！」

男性は苛立ちながら廊下を歩く。床を踏む度に、木の廊下がミシミシと音を立てた。

「本当ならば今頃、あんな連中と話をせずに済んでいたものを……。これも全部、俺の本を上手く売ってくれなかった出版社のせいだ！」

引き戸を乱暴に開け、六畳間に踏み込むと、手にした鞄を畳の上に放り投げる。ずんっと重々しい音が響き、天井からぶら下がった照明が僅かに揺れた。

「ナァーン」

黒猫は男性を見上げると、なだめるように鳴いた。男性はハッとして、黒猫に出来るだけ目線を合わせるようにしゃがみ込む。

「いや、違うな。出版社も担当者も、やれることはやってくれたんだ。新聞に広告も打ってくれてたし、目立つ帯だってつけてくれた。書店挨拶（あいさつ）だって、何軒かは行けたけど……」

男性は深く息を吐き、力尽きたように畳に座り込んだ。ボトムスのポケットから携帯端末を取り出し、憂い顔で画面を見つめる。

「俺のデビュー作、期待の新人の作品として世に出たんだけど、全然売れなくてさ。丁度その時、似たような内容の物語を、有名な作家が書いてたんだ」

その小説の中身は全く違っていたが、題材が被（かぶ）り、あらすじが似ていた。そのため、ネット上で、有名な作家のファンが「パクリ」とレッテルを貼（は）っていたのを、男性は見てしまった。

「物語なんて、何カ月も前――下手すりゃ、何年も前から考えてるんだぞ。発売時期が同じで内容が被るなんて、偶然以外の何物でもない……」

誰が悪いわけでもない。

先方の作家も、担当者も知り得る情報ではなかった。不運な巡り合わせが、新人作家のデビューの芽をずいぶんと摘んでしまった。

「ナァー……」

黒猫は、座り込んだ男性に寄り添うように近づく。男性は、ぽつぽつと身の上を話していた。

男性は昨年、とある出版社の新人賞で大賞を取ったこと。それなりの賞金を手にし、授賞式では様々な業界人に囲まれて、華々しいスタートを切ったということを。

しかし、ひどく意地悪な運命により、デビュー作は一部からパクリのレッテルを貼られ、ほとんど売れなかった。

男性は酷(ひど)く打ちひしがれた。二作目を執筆中であったが、筆が全く進まなくなってしまった。

それでも、担当編集者の励ましにより、何とか二作目の小説を世に出したのだが、刷り部数は大幅に減り、やはり売れ行きは悪かった。

「二作目なんて、どこの書店にもほとんど入荷していなかった。大きな店舗でも数冊程度だ。一作目は、目立つところに積まれていたのに。……二作目のあの有様じゃ、誰にも見つけて貰えない」

「……」

黒猫は無言で見上げる。男性は、黒猫の頭を一撫ですると、話を続けた。

「小説家としてデビューして、作家活動に専念するために、会社まで辞めたのに。賞金も全部、生活費に消えてしまった。今となっては、俺はただのフリーターさ」

「ナァン」

「……励ましてくれるのか？　お前は優しいな」

頭を擦り付けてくる黒猫に、男性は力なく微笑んだ。

「三作目の執筆も頼まれているけれど、きっともう、後がない。これで売れなかったら、俺はもう……」

男性の、携帯端末を持つ手は震えていた。いつの間にか、目から涙が溢れている。

「俺には、表現したい世界がいっぱいあったんだ。それを、色んな人に見て貰いたかった」

男性は、物心ついた時から物語を書いていたのだという。

スポーツは苦手で、勉強も取り立てて言うほど出来るわけではなかったが、読書量は多かった。国語の読解と作文だけは、とにかく誰よりも出来ていた。

「俺は書くことでしか生きられない、なのに――」

男性は思いつめた表情で、携帯端末を操作する。

「三作目が少しでも売れるように、俺もどうにかすればいい」

「ナァーン？」

「俺もSNSのアカウントがあるんだ。フォロワーは少ないけど、増やす方法がある」

男性は嬉々とした表情で、黒猫の方を振り返った。しかし、その目はやけにぎらついていて、不吉の光を宿していた。

「炎上商法だ。諸刃の剣だが、俺にはもう失うものはない。だったら、試すべきだと思わないか？」

先ずは、デビュー作の内容が被ってしまった有名作家を標的に、あちらの方がパクリだと大衆に訴えよう。有名作家には悪いけれど、支持している人間が多いから、パクリだという訴えを全面的に信じられる危険性はないだろう。

有名作家とやり合いたいわけではない。話題になりたいだけなのだ。デビュー作が話題になれば、手に取る人が一人でも増えるはずだから。

「いいアイディアだと思わないか⁉」

高揚する男性を、黒猫はじっと見つめていた。

「――それは、火種だ」

「えっ？」

黒猫が喋ったことに気を取られた隙に、黒猫は男性の手の甲を引っ掻いた。

「いてっ！」

男性は携帯端末を落とし、黒猫はひらりと机の上に飛び乗ると、男性のデビュー作を手にした。

「ま、待て！　何をする気だ！」

男性は黒猫を止めようと手を伸ばす。しかしそれは、払いのけられてしまった。猫ではなく人間の手に携えたキセルで。

「これは借りていく。必ず返すから、お前は大人しく待っていろ」

そこにいたのは、黒猫ではなく、マントをまとった青年だった。

「えっ、あ……」

男性が目を白黒させているうちに、マントの青年——火車は窓を開け、外へと飛び出したのであった。


太陽は完全に西の空に沈み、きつね堂も閉店時間になった。

千牧がシャッターを下ろし、ヨモギは辺りを簡単に掃除する。

「掃除なんて、朝やるからいいんじゃね？」

「まあ、そうなんだけどね。でも、日中にお店の前に人が沢山通ったし、少し綺麗にしておきたくて」

ヨモギは、そう言って微笑んだ。

「こうして掃き掃除をすると、お店の前に落とされたケガレも祓えるしね」

「あ、そういうことか」

千牧は納得したようだった。

だが、刹那、千牧はスンと鼻を鳴らす。

「おい、アヤカシのにおいだ。しかもちょっと、焦げ臭くて嫌な感じだぞ」

「あれ、もしかして……」

ヨモギには、そのにおいに嗅(か)ぎ覚えがあった。

街灯がぽつぽつともる神田の、夜の闇(やみ)に紛れて現れたのは——。

「火車……」

マントをまとった青年——火車が音もなく現れる。千牧は「ウウー」と牙を剥いて唸るが、ヨモギがそれを制した。

「何の用……？」

ヨモギは警戒しながら尋ねる。そんな彼に、火車は一冊の本を差し出した。

「えっ、本……？」

「頼みがある」

火車はポツリと言った。

頼み、と言われ、敵意が無いのも相俟(あいま)って、千牧も唸るのをやめてヨモギと火車を交互に見やる。

「その本を、売って欲しい……」

火車はその場にうずくまり、深々と首(こうべ)を垂れる。土下座をせんばかりのその様子に、ヨモギも千牧も慌てた。

「ちょ、待って待って！　顔を上げて！」

「そ、そうだ！　話を聞かせろって！」

「分かった」

大慌てのふたりに対して、火車はマイペースだった。すぐに姿勢を正し、ふたりに向き直る。

ヨモギはホッと胸を撫で下ろし、事情を聴くべく、店内に火車を招いたのであった。

水樹流星（みずきりゅうせい）著『星間宅配便』。

それが、ヨモギに託された本だった。

派手な帯をつけたその本は、或る出版社の新人賞で大賞をもぎ取った作品で、一年前に出版されたものであった。

「この表紙、うちで見かけたような……」

銀河の星々が一面にちりばめられた美しいカバーイラストは、ヨモギも見覚えがあった。平台の一角に、忘れられたように積まれている数冊をヨモギは見つける。

「これ？」

「ああ、これだ」

カバーイラストも帯も、ちゃんと一致した。ただ、火車が持って来た本は読み込まれていて頁の隅がよれており、店頭に並んでいた方は、まだ見ぬ読者を待ちくたびれたような雰囲気を醸し出していたが。

「俺はここのところ、この作家の家に世話になっていた」

「ええっ、小説家のところに⁉」

千牧は目を剝いた。「ああ」と火車は頷く。

「何つーか、小説家って実在したんだなぁ。本の向こうの人って感じだったけど」

「彼らは現実の人間だ」と火車は無表情でツッコミを入れた。

「千牧君の気持ち、分からないでもないけどね」とヨモギは頷く。

すでに閉店した店内は、シャッターが閉まっているせいか、昼間よりも一層狭く見えた。

そんな中、火車はぽつりぽつりと事情を話す。

彼は水樹流星の家に、定期的に通っていたこと。流星は、デビュー作である『星間宅配便』が売れずに苦しんでいること。一作目の不調を二作目も引きずっており、二作目も売れなかったこと。

三作目を執筆中だが、それがいよいよラストチャンスとなるであろうことと、そのせいで彼がやけくそになってしまっていることを。

「彼は、炎上商法に頼ろうとしていた」

「敢えて、インターネットで炎上して、有名になろうっていうやつ……だよね」

ヨモギの言葉に、火車は頷いた。

「火をつけて有名になるとか、一歩間違えたら火だるまになって終わっちまうじゃん……」

千牧は顔を青ざめさせる。

「物理的に燃えるわけじゃないんだけど、でもまあ、千牧君の言うことは間違ってないね。もし、それで有名になったとしても、火傷はするだろうし。下手をしたら、名前にずっと傷が残っちゃう」

「それが、流星に宿った火種だ。一度はもみ消したが、次はどうなるか分からない」

火車は目を伏せる。流星の身を、案じるように。

「で、腑に落ちないことがあるんだけど」

千牧は火車に、ずいっと迫る。

「お前はどうして、流星って作家のところに通ってたわけ？ お前もアヤカシの類なら、特別餌を貰う必要はないんじゃないか？」

まあ、飯を食わないといけないアヤカシもいるけれど、と付け加えつつ、千牧は火車の返事を待った。

「火種のにおいがしたから」

「この前、きつね堂に来たのもそのせい……？」

ヨモギの問いに、火車は頷いた。

「俺は火種や燃え跡のにおいに敏感だ。誰よりも鋭く感じ取ることが出来る。だからこそ、昔は罪人の家も特定出来たんだ」

昔はそれで、見せしめに罪人をさらっていった。最近は、きつね堂の店主であるお爺さんの罪悪感と、きつね堂自体の発火を見抜いた。

概念的な炎上のみならず、物理的な炎上も見逃さない。正に、火を予見し、感じ取る達人と言えた。

「火種のにおいに惹かれるってこと……？」

ヨモギの言葉に、火車は首を横に振った。

「本能的に引き付けられるものはあるかもしれないが、俺が火種に向かうのは意図的なものだ」

「その、意図ってなんだよ」

千牧が鼻をひくひくさせる。

「──俺は、出来る限り炎上を防ぎたい」

「あっ……」

火車の言葉に、ヨモギはハッとした。

ヨモギの前に姿を現した時、彼は不吉を予言していた。だが、彼が現れたことでヨモギは火事を察知し、お爺さんの心に宿っていた火種にも気づけた。

そして今、彼は流星の炎上商法を止め、流星を救わんとヨモギ達の元にやって来た。

ヨモギの中で、それは全て一つに繋(つな)がった。

「そうか。君は人のために……」

「か、火車がなんで、人の役に立とうとしてるんだ？　別に、ご利益で人間の役に立とうっていうアヤカシじゃないだろ？」

千牧は目をぱちくりさせる。それに対して、火車は特に表情も変えず、こう言った。

「悲劇を予見しているのに、放っておく理由はない」

さも当然のように、さらりと言った。

「火種は、必ずと言っていいほど悲劇を生み出す。悲劇は火種を増やす。火種が増えると、鼻が利かなくなる」

淡々と語る火車であったが、ヨモギはその言葉の裏に隠された彼の気持ちを、見逃すことなく汲(く)み取った。

「そっか。君は、優しいひとなんだね……」

ヨモギは、思わず顔を綻ばせる。「そういうつもりはない」と火車は飽くまでも、無表情で答える。

「照れちまって、この！」

千牧は火車を小突いた。

「お前の名前、なんていうんだ？　火車って、人間における『日本人』とか『アメリカ人』みたいなもんだろ？　名前、教えてくれよ」

「特にない」

火車は、間髪を容れずに素っ気無く答えた。

「吾輩は猫である、名前はまだない、っていう感じかな」とヨモギが苦笑した。

「火車でいい」

それを聞いた千牧は、「あ、そう」と拍子抜けした顔をする。

「まあ、本人がそれでいいならいいか。名前を貰ったら教えてくれよな」

「ん」と火車は頷いた。

「兎に角、流星さんのことは放っておけないね」

ヨモギは、火車から託された本を見つめながら、話を戻す。

「身勝手な願いだということは分かっている。だが、このままでは流星は――」

火車が火種を察知しているということは、遅かれ早かれ、流星の身に災いが降りかかるということだろう。それを阻止したいのは、ヨモギも同じだった。

お稲荷さんの使いとして、という使命感もあるが、それ以上に――。

「僕、頑張ってみる。本を売るのが、書店員の仕事だから」

「すまないな……」

首を垂れる火車に、「ううん」とヨモギは首を横に振った。

ヨモギは、お爺さんの店を再興したいとも思っていたが、やがて、書店員として、全ての本を売りたいと思うようになっていた。作者と読者の出会いの場を築き、関わった人達を幸福にする手伝いをしたいと感じていた。

（この本からは、力を感じる）

ヨモギは、手にした流星のデビュー作を見つめていた。

カバーイラストからも、帯からも、そして、それらが守っている中身からも、とてつもないエネルギーを感じ取っていた。

関わった人達全てが、全力を賭したであろうことが伝わってくる。それに触れているお陰で、ヨモギもまた、己の身の内から力が溢れるのを感じた。

「この本って、何処から持って来たの？」

「流星のところから」

「そ、そっか。それじゃあ、借りるっていうわけにもいかないね」

ヨモギは、火車に流星のデビュー作を返却する。その代わりに、売り場の『星間宅配便』を一冊手に取った。

「それ、どうするんだよ」と千牧は問う。

「読むんだ。どうしても、気になっちゃって」

ヨモギはポケットの中から、大事にしまっていたものを取り出す。

それは、お爺さんから貰った図書カードだった。

ヨモギは『星間宅配便』と図書カードをレジまで持って行くと、図書カードでその本を購入したのであった。

それは、宇宙を舞台にした宅配便の話であった。

主人公は宅配業を営んでおり、依頼主から頼まれた荷物を、届け先へと運ぶことを生業(なりわい)としている。

主人公の仕事は容易ではない。宇宙を舞台にしているだけあり、荷物は主に、別の星へと運ぶ必要があった。

時には、別の星系まで飛ぶこともあり、その旅の途中で宇宙海賊に襲われることもあった。

それでも、主人公はへこたれず、自分の相棒である宇宙船と共に星々の間を駆ける。

時には、人と人との温かい繋がりに触れ、ほっこりする場面もあった。

幻想的かつ、奥行きがある文章で綴(つづ)られた世界は、ヨモギをたちまち宇宙旅行へと導いた。

ヨモギは夢中になって、その本を読み進めた。

お爺さんの眠りを妨げぬようにと、照明を絞りながら、一晩中、ずっと本にかじりついていたのであった。

「ヨモギ、やべぇ顔してるぞ」

朝食をとるために居間にやって来た千牧は、目の下にクマを作っているヨモギを見てぎょっとした。

「実は、ずっと本を読んでいて……」

「昨日買ったやつか？」

「うん」

ヨモギは卓につきながら頷いた。

「お客さんからお薦めされたという本のことかな？」

お爺さんは、微笑ましげに尋ねる。火車の件は、お爺さんにざっくりと伝えていた。

「ええ、そうです。とても面白くて、続きが気になっちゃって……」

「それはそれは。いい本に出会えたようだね」

お爺さんは嬉しそうだ。ヨモギも、つられて顔を綻ばせてしまう。

「宇宙を舞台にしたお話なんですけど、実際に自分が銀河を駆けているような気分になれるんです。広大な宇宙を、何処までも飛んでいけそうな、そんな気持ちになって……」

ヨモギの話を聞いていた千牧は、にょきっと犬の耳を生やすと、ぴくぴくと動かす。

「へー。そりゃ面白そうだな。俺も読みたくなって来たぜ」

「僕の、貸そうか？」

「いいのか⁉　さんきゅー」

今度は、犬の尻尾がこぼれてしまう。千牧はそれにも構わず、パタパタと尻尾を振って喜んでいた。

「そこまで夢中になったのなら、ＰＯＰを書いてみたらどうだい？」

お爺さんの提案に、「そうですね！」とヨモギは目を輝かせた。

「ヨモギの今の気持ちを、ＰＯＰに書き込むといい。千牧も読みたくなったようだし、私も気になって来たから」

「はい！」

「もし、うちで捌けそうだったら、追加で発注してもいいよ。発売して一年だったら、出版社にも在庫があるだろうし、すぐに来るだろう」

「有り難う御座います！」

ヨモギは勢いよく頭を下げる。ちゃぶ台の上の料理に、危うく頭を突っ込みそうになったけれど、お爺さんが額を押さえてくれたお陰で難を逃れた。

ヨモギはご飯を食べ終えると、ＰＯＰを書き始める。千牧は、他の仕事なら任せておけと言って、開店の準備をテキパキとこなしていた。


「出来た！」

ヨモギの渾身のＰＯＰが出来たのは、お昼前だった。

「やったな、ヨモギ！」

「思った以上に時間がかかっちゃったけど……。任せっきりで、ごめんね」

「気にすんな。なんだかんだ言って、ヨモギもちょいちょい手伝ってくれたじゃねぇか」

千牧はぐっと親指を持ち上げる。

「で、どんな風になったんだよ」

「こんな感じ」

ヨモギはＰＯＰを掲げる。

そこには、宇宙船が描かれていた。用紙は宇宙船形にカットされており、宇宙船の中にはヨモギの感想が簡潔に、だが、力強く書かれていた。

「いいじゃん！」

千牧はぱっと表情を輝かせ、ヨモギとハイタッチをする。そんな時、「こんにちはー」と聞き慣れた声がした。

「あっ、兎内さん」

「どうしたの？　盛り上がってたみたいだけど」

首を傾げる兎内さんに、ヨモギはPOPを手渡す。それを見た兎内さんは、「へぇ」と声をあげた。

「何これ、面白そう。この本、きつね堂にあるの？」

「あります！」

ヨモギは平積みになっていた『星間宅配便』を差し出す。兎内さんはPOPと本を交互に眺め、もう一度、「へぇ～」と感心したような声をあげた。

「この本、とっても面白いんですよ。僕、一気読みしちゃって」

「そうなんだ……」

「一年前に出た本なんですけど、発売されるタイミングが悪くて、あまりウケなかったみたいなんですよね。でも、うちで売れたらいいなって思って……」

「それじゃあ、これ、買うね」

「そうそう。買って頂けると――って、買う⁉」

ヨモギと千牧は、揃って目を丸くした。

「うん。この本、下さいな」

「お、お買い上げ有り難う御座います……！」

兎内さんは、ヨモギに渡された『星間宅配便』を躊躇(ちゅうちょ)なく購入する。あまりにもあっさりと決めた様子に、ヨモギは兎内さんを凝視してしまった。

「どうしたの？」

「いや、まったく迷わなかったのでビックリしちゃって」

「だって、ヨモギ君が面白いと思った本でしょ？　それに、こんなに楽しそうなPOPを見たら、気になっちゃうし」

兎内さんはヨモギが書いたPOPを、微笑ましげに眺める。ヨモギと千牧は顔を見合わせ、ニッと笑った。

「お買い上げ、有り難う御座いましたー」

ヨモギは、本を抱えて会社へと戻る兎内さんの背中を見送る。一緒に見送っていた千牧は、ヨモギのことを軽く小突いた。

「やったじゃん」

「うん」

「効果絶大だな」

「まあ、これからってところかな」

ヨモギは、『星間宅配便』を目立つ場所へと積み、POPを立てた。

ランチタイムに入り、近くのオフィスで働いている人達が外に出てきたせいか、客足が急に増えた。ヨモギのご利益と、千牧の愛想が相俟って、お客さんは次々と店内に入り、本を手に取っていく。

「あっ……」

そんな中、『星間宅配便』は色んな人の手に取られた。

若い女性から、年配の男性まで、本当に様々な人に。そのうちの何人かは、レジに本を持って来てくれた。ヨモギは嬉々として会計を済ませ、本を丁寧に包んでお客さんに渡す。

客足が途絶えた頃には、数冊あった『星間宅配便』は完売になっていた。ＰＯＰだけが残された売り場を見て、ヨモギと千牧は、思わずハイタッチをした。

「やった！」

「追加発注しとけ！　出版社や販売会社に眠ってるやつ、全部売ってやろうぜ！」

ヨモギは千牧に言われたとおり、出版社に電話で追加発注をする。すると、指定の冊数を入れることをあっさりと約束して貰えた。

運よく販売会社に在庫があったため、それほどかからずに発注した分が入荷した。

その頃には丁度、兎内さんも読破しており、彼女もまた、彼女なりのＰＯＰを作ってくれた。

平台に積まれた『星間宅配便』の周りは、いつの間にか賑やかになっていた。

ＰＯＰが増えたことで、購入を保留にしていた人達も、レジへと持って来るようになった。こうして、売り上げは少しずつ増えていったのであった。

そんなある日の出来事だった。

夕暮れ時、ヨモギが棚の整理をしていると、黒猫が店先に現れたのは。

「火車」

ヨモギは、その黒猫が何者であるかすぐに分かった。名前を呼ばれた火車は、頷く代わりに尻尾をゆらりと動かしてみせた。

その背後から、駆けてくる人影があった。

地味な出で立ち(いでたち)の、痩せた若い男性だ。あまり栄養を取れていないのか、顔色は些か青く、寄せられた眉根は神経質そうな印象を与えた。

「もしかして……」

何かを察したヨモギに、火車は頷く。

「待ってくれよ。いきなり走り出して、どうしたんだ」

男性――流星は火車に追いつくと、乱れた呼吸を何とか整えた。火車がヨモギの元に辿(たど)り着く前に、流星は火車の身体(からだ)をひょいと抱えた。

「ごめんね。うちの猫――ってわけじゃないんだけど、こいつが俺について来いって言ってたみたいで」

流星は、様子を見ていたヨモギにそう言った。

「こいつ、不思議な奴なんです。この前なんか、こいつが人間になった夢を見ちゃって……」

「そ、そうなんですね……」

ヨモギは、流星の話に合わせて愛想笑いをする。

その時、流星は気づいた。

ヨモギの背後に、小さな本屋がひっそりと佇(たたず)んでいることに。そして、その本屋の表に面した平台に、自分の著作が置いてあることに。

「この本……」

「え、えっと、いらっしゃいませ……！」

ヨモギは思わず、「デビュー作、面白かったです！」と声を掛けてしまいそうになったが、慌てて口を噤んだ。抱えた黒猫がアヤカシだと知らないようだし、ここで流星のことを知っていると悟られたら、面倒くさいことになってしまう。

ヨモギは、事情を知らない書店員を装う。

その前で、流星は自分の目を疑うかのように何度も瞬きをし、火車に「俺の頬をつねってくれ」と頼んで猫パンチをされ、頬をさすりながらも積まれた自分の著作を見つめていた。

「この本が、どうしてここに……？」

流星は問う。ヨモギは一瞬だけ答えに詰まったが、こう答えた。

「えっと、知り合いがお薦めしてくれたんです。それで僕も読んでみたんですけど、とても素敵な物語だったので、当店のお客様に是非手に取って頂きたいなと思いまして」

「……そうか」

流星は、ＰＯＰをじっと見つめていた。自分の著作に添えられた、熱いメッセージが書かれた手書きのＰＯＰを。

「この本、売れてますか……？」

祈るような表情で、流星はヨモギを見つめる。そんな流星を、ヨモギは真っ直ぐ見つめ返した。

「ええ。数日前から仕掛け始めたんですけど、とても動きがいいです。お客様からも、面白かったというお言葉を頂いていますし、すごく良い本だと思いますよ」

「それは……良かった……」

流星の両目から、流れ星のような雫が落ちる。それは抱えていた火車の頭に落ち、火車はびっくりしたように耳をぴくぴくと動かした。

「すいません。ちょっと、目にゴミが入ったみたいで……」

「……大丈夫ですよ」

ヨモギは、声を押し殺すようにしゃくり上げる流星の背中をさする。

大丈夫。貴方は自信を持って、貴方の物語を紡いでと。

奥で仕事をしていた千牧が、「何かあったのか」と顔を出す頃には、流星はすっかり泣き止み、火車と共に帰って行ったのであった。


数日後、ヨモギがいつものように店先を掃除していると、見覚えのある黒猫がやって来た。

「世話になったな」

黒猫——火車は赤い口を見せてヨモギに礼を言う。

「お前のお陰で、流星は自分が紡ぎたい物語を思い出したようだ。今、執筆に専念している」

「そっか。それは、良かった」

ヨモギは、安心したように微笑む。

火車曰く、流星は炎上商法などに頼るのはやめ、正攻法で行くことにしたという。SNSでは自主的に宣伝をし、出来る限りのことをしようと誓ったそうだ。

「あの売り場が、あいつに希望と勇気を与えたようだ。心から感謝をしたい」

火車は、POPに彩られた平積みを見やる。ヨモギは、照れくさそうに笑った。

「そんな。元々、本の内容が良かったから……」

「中身が素晴らしくても売れない本は、この世の中に沢山ある。その中で、良い本を見出して売るということは、素晴らしいことだ。誇るといい」

「……そうだね」

ヨモギは頷く。

火車は、売り場を一瞥（いちべつ）したかと思うと、尻尾を揺らして踵（きびす）を返した。

「もう、火種はなくなった？」

「ああ」

ヨモギの問いに、火車は頷く。

「だが、しばらくは心配だからな。三作目が完成するまで、俺は流星の様子を見守るつもりだ」

「そっか。それがいいよ」

火車は尻尾を一振りすると、それっきり振り返らずに、黄昏（たそがれ）に染まる街を歩いて行った。

ヨモギはその背中を、いつまでも見つめていたのであった。

小噺　ヨモギ、紳士と遭遇する

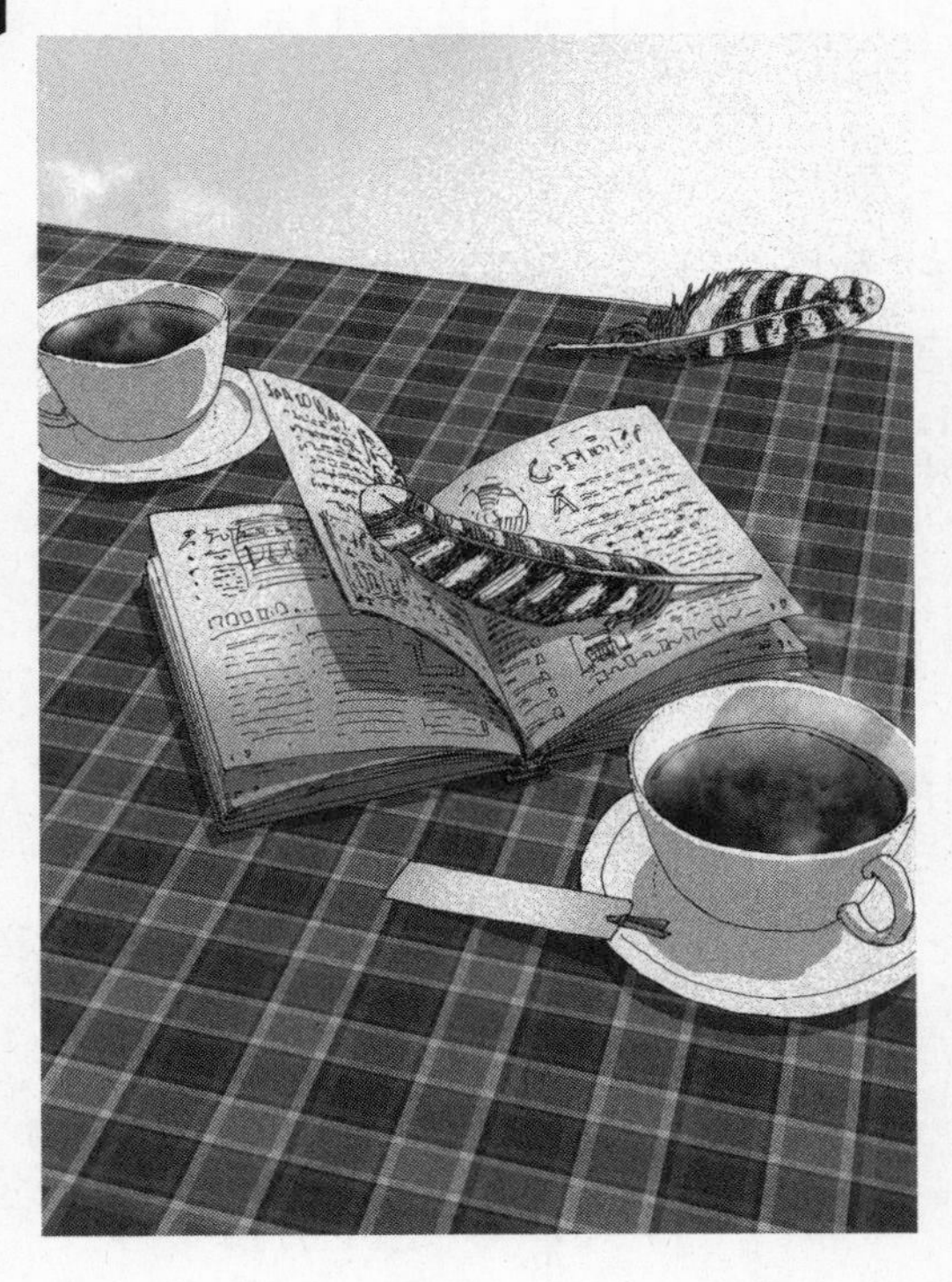

その日は、雨が降っていた。

「やまないなー」

軒先からこぼれ落ちる雨だれを眺めながら、千牧はぼやいた。

「今日は一日、こんな感じだって」と、ヨモギは何度整理したか分からない棚を弄(いじ)りながら答えた。

「流石(さすが)に、こんな天気じゃあ、お客さんは来ないかな」

「商売繁昌(はんじょう)のご利益を使っても、限界があるかもね。そもそも、人は外に出たがらないだろうし」

「だよな」

千牧はがっくりと項垂(うなだ)れた。

「あと、雨の中で本を持ち帰りたくないだろうし」

「確かに。折角の本が、家についたら雨でしわしわになってたら、悲しいもんな」

「そういうこと」とヨモギは頷(うなず)く。

往来を歩く人影は、ほとんどない。歩道は閑散としており、道路に自動車だけが行き交っていた。

開店時間から一時間。店の前を誰も通る気配がなかった。

「ヨモギ、千牧」

奥から、お爺さんがやって来る。

ヨモギと千牧は、「はい！」と背筋を伸ばした。

「そんなにかしこまらなくてもいいよ」

お爺さんが苦笑すると、ふたりは顔を見合わせて姿勢を崩す。

「今日は、一日中雨のようだからね。店番はひとりでいいだろう。ふたりとも、交替で休みなさい」

「でも……っ」

お爺さんの申しつけに、ふたりは思わず声を重ねた。

「というか、いつもふたりの裁量で構わないんだがね。お店の開け閉めも任せるから、適度に休みなさい」

「お爺さんがそう言うなら……」と、働き者のヨモギは戸惑いながら頷く。

「だな……」と、忠犬の千牧も頷いた。

「折角、神田にいるんだ。もっと、街を散策するのもいいんじゃないかな。今日は生憎の雨だけれど、晴れた日も気ままに遊びに行くといい」

「お爺さん……」

お爺さんの温かい笑みには、ヨモギ達への心遣いが滲んでいた。

ヨモギは目頭が熱くなり、千牧は思わずフサフサの尻尾を飛び出させ、パタパタと振った。

お爺さんは、うんうんと頷いて、奥へと引っ込む。お爺さんを見送ると、ふたりは再び顔を見合わせた。

「交替で休む……か?」

「そうだね。お爺さんの心遣い、有り難く受けようか」

千牧もヨモギも、浮世の生き物ほどの休息を必要としない。

それこそ、睡眠をとらずに二十四時間働くことも出来るが、それはお爺さんが望むことではないのだろう。

だから、ふたりは休息をとる。人の望みに出来るだけ沿うのが、ヨモギと千牧の役目なのだから。

「じゃあ、ヨモギは休んで来いよ。こんな有様だと、ランチタイムもそれほど混まないだろうし、俺に任せておけって」

「うん。分かった」

ヨモギは、よろしくねと千牧に頭を下げると、エプロンをもぞもぞと脱ぐ。

「やべーって思ったら連絡する」

「スマホ持ってないんだけど……」

「じゃあ、念を飛ばす」

千牧が真剣な顔で言うので、きっと本当に念を飛ばせるのだろうとヨモギは思いつつ、店の奥にあったお爺さんの傘を借りた。

「で、何処に行くんだ？」

「神保町」

「本屋じゃん！」

千牧は目をひん剝いた。

「本屋の休憩時間に、本屋に行くのかよ！」

「カレー屋もあるよ！　三谷お兄さんの休憩時間と被っていたら、一緒にカレーを食べに行けないかなと思って」

「カレー⁉　美味いやつだ、それ！」

千牧は思わず、出しっ放しの尻尾を振った。「尻尾出てる」とヨモギに指摘され、慌てて抑え込む。

「なんか、ジャガイモが添えられてるカレーがあるんだって」

「ジャガイモが添えられてる？　入ってるじゃなくて？」

「添えられてるみたい」とヨモギは頷く。

「へー、よく分かんないけど美味しそうだな！　今度、店を紹介してくれよ！」

「分かった」

ヨモギは首を縦に振ると、傘を広げて店の外に出る。

そして、長靴ではないので水たまりを避けながら、神保町へと向かったのであった。

神保町は、傘ばかりが並んでいた。

晴れている時よりも、人が通りに少ないものの、皆で色とりどりの傘を広げているせいで、かえって人口密度が高いように見えた。それを遠目に眺めながら、キノコの行進みたいだな、とヨモギは思う。

三谷が働いている新刊書店が見える交差点までやって来ると、赤信号がヨモギの行く手を阻んだ。

ヨモギは赤信号に従って立ち止まると、青に変わるのをじっと待つ。

その時だった。やけに重そうな紙袋を二つ持っている、紳士の姿を捉えたのは。

「あの、持ちましょうか？」

ヨモギは、思わず声を掛ける。

紳士は二つの紙袋を片手にまとめ、もう片方の手で傘を持っていたからだ。これではあまりにも、バランスが悪いとヨモギは感じた。

ヨモギに声を掛けられた紳士は、傘を少し持ち上げてヨモギの方を振り返る。傘の向こうにあった顔は意外と若かったので、ヨモギは「あっ」と声をあげてしまった。

「お心遣い、恐れ入ります」

よく通るバリトンの声が、雨音を搔き消すようにヨモギの耳に届いた。

ヨモギの目線に合わせるように少し屈み込んだのは、眼鏡をかけた立派な紳士だった。

若くはあったが、その物腰は非常に落ち着いていた。穏やかな立ち振る舞いであったが、眼鏡の向こうにある瞳には猛禽の鋭さがあった。

まるで、梟のようだとヨモギは思った。

それと同時に、ヨモギは紳士に違和感を覚える。この人は、人間ではないと直感が告げた。

「あ、いえ。その、余計なお世話だったみたいで」

ヨモギは、ぷるぷると首を横に振った。

信号が青になり、周りで待っていた通行人達は一斉に歩き出す。人があっという間に引いた交差点で、ヨモギと紳士だけが残されていた。

「あの、行かないんですか……？」

「ふむ……」

紳士もまた、ヨモギのことを見つめていた。視線はそれほどでもないが、紳士の双眸がなかなかに鋭くて、ヨモギは生きた心地がしなかった。

「僕、行っていいですか……？」

ヨモギが消え入りそうな声で許可を乞うと、紳士は「失礼」と視線を外した。

「珍しい方とお会いしたと思いましてな。まさか、日本の神々の御使いとは。非礼をお許しください」

紳士は、深々とヨモギに首を垂れた。

正体がばれている。

ヨモギは、思わず卒倒しそうになるものの、何とか踏み止まった。目の前の紳士は、何者なのだろうかと見つめ返す。

一方、紳士は重そうな二つの紙袋をひょいと持ち直すと、重そうな素振りを一つも見せずに横断歩道を渡る。

「本当に、余計なお世話だったみたい……」

しかも、藪蛇だったようだ。

青信号が点滅し始めたので、ヨモギは慌てて紳士を追った。

紳士の横に並ぶと、紳士は穏やかな声でヨモギに問う。

「失礼ですが、貴方は何故、神保町に？」

「本を見に来たんです。それと、知り合いに会って、一緒にカレーを食べられたらいいなと思って……」

「本を！」

紳士の目が輝く。歓喜した声があまりにもよく通ったので、ヨモギはびくっと身体を震わせた。

「貴方は、本がお好きなのですか？」

「ええ、まあ」

ヨモギは曖昧に頷く。書店の手伝いをしていることを明かそうか否か迷ったものの、必要ないからいいかと結論付けた。

一方、紳士はヨモギの頷きに、更に興味深そうな顔をしていた。

「実は私も、本が好きなのです。こちらも全て、古書でしてな」

「古書」

重そうな紙袋の中身が全て古書だと知ったヨモギは、目を丸くする。

「あ、そうか。神保町は新刊書店だけじゃなくて、古書店も豊富でしたね……！」

「ええ。大学が近いので、学生達が教科書の売り買いをしていたことから古書店が増えたという街ですからな」

「成程……。そうだったんですね」

教科書はなかなかに値が張ると聞くので、お金がない学生は重宝したことだろう。ヨモギの中の神保町の豆知識が、また一つ増えた。

「尤(もっと)も、私が古書店で探し求めているのは、絶版になってしまった書物ですが」

「あっ、成程！」

身なりのいい紳士が、何故、古い本を求めるのだろうとヨモギは疑問に思っていたが、もう、新刊書店では手に入らない代物を探していたのか。

「絶版になっちゃうと、新刊書店じゃどうにもならないですしね。お取り寄せをしようにも、販売会社にも出版社にもないんじゃあお手上げですよ」

ヨモギはつい、苦笑が漏れてしまった。

それを聞いた紳士は、「おや」と目を丸くする。

「本の流通の仕組みについて詳しいのですな。書店で働いていらっしゃるのですか？」

「ほぎゃーっ！」

墓穴を掘ってしまった。

ヨモギはつい、悲鳴をあげてしまう。

（まあ、バレてどうなるものでもないけれど……）

現に、紳士は悲鳴をあげたヨモギを不思議そうに見つめているだけだ。

「成程。それならば、本にお詳しいわけですな。本が好きな者として、お話をお聞きしたいところですが」

「話って言っても、大したことは語れませんけど……！」

「良いのです。お時間さえよろしければ、お付き合いして頂けますかな？」

品の良い紳士に頼み込まれては、ヨモギも断り辛い。それにヨモギも気になっていた。この紳士の正体と、紳士の本に対する愛が。

「えっと、僕でよろしければ……」

「勿論」

紳士は大きく頷く。

紳士の名は、亜門というらしい。日本人離れしていると感じるほどに彫りが深い目鼻立ちだったので、和風の名前を持っていることはヨモギにとって意外であった。

だがそれ以前に、その名前は何処かで聞いたことがあるなと感じていた。

しかし、悪いものではなかったはず。

ヨモギは自分にそう言い聞かせると、自分も名乗り、亜門に案内されるままに路地裏へと向かったのであった。

亜門がヨモギを案内したのは、新刊書店近くにある路地裏に並んだ喫茶店の一つであった。

路地裏からして、レトロな空間そのものであった。

昭和の時代を窺(うかが)わせる喫茶店と家屋が並び、タイムスリップしてしまったかのような錯覚に陥った。

喫茶店の木の扉を開くと、ふわりと珈琲(コーヒー)の香りがヨモギを迎える。その香ばしい芳香に、ヨモギは思わず鼻をヒクヒクさせてしまった。

「いらっしゃいませ」

女性店員がふたりを迎え、空いていた奥の席を案内してくれる。

棚には本が並び、木造の店内は穏やかな音楽で満たされていた。

紳士は奥の席にヨモギを促し、慣れた様子で席に着く。ヨモギは、緊張した様子で腰を下ろした。

「おや。このようなお店は初めてですかな?」

「は、はい。喫茶店自体、来る機会もないので……」

「ほほう、そうなのですか。因(ちな)みに、普段はどのように過ごしているか、お聞きしても?」

亜門は、空いている席に紙袋を下ろす。ずずんという重々しい音が響き、持っていた本の重量を物語っていた。

「えっと、基本的に一日中、お店に立ってますね」

「……それは、お疲れになるのでは?」

亜門の目が、急に同情的になった。

明らかに誤解をしているようだったので、ヨモギは慌てて首を横に振る。

「元々、祠(ほこら)の前でじっとしていたので、全く苦ではないというか……！　それに、お店に奉仕することが僕の役目ですし！」

「ふむ。ヨモギ君は、祠の番人だったようですな。日本の祠の番人というと、狛犬(こまいぬ)か狛狐(こまぎつね)ですか」

「あああああ……」

また、図らずも正体をばらしてしまった。ヨモギは不甲斐(ふがい)なさのあまり、テーブルの上に突っ伏してしまう。

「まあまあ。他言はしませんぞ。この亜門、広義(こうぎ)の同業者として誓いましょう」

「同業者？」

ヨモギは顔を上げた。

「ええ。私も古書店を営んでいるのです。と言っても、隠居した者の趣味の店ですが」

「隠居……？」

目の前の紳士は、隠居をするにはあまりにも若過ぎる。しかしそれと同時に、お爺さんによく似た落ち着きも兼ね備えていた。

「失礼ですが、お幾つですか……」

「ふふふ。魔法使いに年齢を聞くのは野暮ですぞ」

亜門は悪戯っぽく微笑んだ。

「魔法使い……」

日常生活では聞き慣れない単語に、ヨモギは目を丸くする。

しかし、亜門の穏やかでありながらもミステリアスな雰囲気は、魔法使いならではと言ってしまえば納得が出来た。

(どちらかというと、賢者に近いのかもしれないけれど)

古書店を営んでいるというから、とうに絶版になった本達に囲まれながら仕事をしているのだろうか。

亜門に似合うのは洋書だろう。英語を始めとした様々な外国語で書かれた本に囲まれた彼を想像すると、とても絵になった。

「どうなさいました?」

ヨモギが自分のことを見つめているので、亜門は首を傾げる。

「い、いえ。渋くてカッコいいなって思って」

「ははっ、それは恐縮ですな」

亜門は朗らかに笑う。

「ところで、ご注文は?」

亜門が差し出してくれたメニューを、ヨモギは凝視する。

「ううん、色々ありますね……。因みに、お薦めは？」

「ブレンドコーヒーは、その店の個性が知れて良いと思いますぞ」

「それじゃあ、ブレンドコーヒーで！」

「私も同じものにしましょう」

亜門はふたり分のブレンドコーヒーを注文する。ヨモギは、落ち着かなそうにその様子を見ていた。

「もしかして、珈琲は初めてですか？」

「実は……」

ヨモギはうつむくように頷く。

「ほほう、初体験とは。いい経験になりそうですな」

「……苦いって聞いてるんですけど、大丈夫でしょうかね？」

珈琲を注文して良かったものかと今更思いながら、ヨモギは問う。

「シュガーとミルクもありますからな。お好みのお味にしてはいかがですか？」

「は、はい……」

「生憎と、イヌ科の方の味覚は存じ上げなくて……」

亜門は困ったように眉(まゆ)を下げる。

「ぼ、僕の味覚は人間とそんなに変わらないと思いますから……！」

お気遣い無用とばかりに、ヨモギは声をあげた。

「私は、読書をする時は決まって珈琲を飲むのです。理由は様々ですが、ほろ苦さが心地よく、頭が冴えるというのもありますな」

「ひえぇ……、ダンディ……」

「ヨモギ君は、どのような読書スタイルを？」

「僕は、特に飲食はしませんね。一度本の世界に入っちゃうと、食べたり飲んだりしている余裕が無くなっちゃうっていうか……」

「ほほう。なかなか集中力があるのですな」

亜門は好感を抱いたようで、感心したように言った。

「本当に、珈琲を飲む機会が無くて……。お爺さんも、あんまり珈琲を飲まないみたいですし。飲んでいるのは、いつも日本茶ですね」

ヨモギは、記憶の糸を手繰り寄せながら言った。

「あっ、お爺さんって、僕がお世話になっているおうちの人なんですけど……」

このひとならば大丈夫だろう。というか、この猛禽の瞳の前では、どんな秘密も暴かれてしまいそうだし。

ヨモギはそう思って、簡単な事情を説明する。

普通ならば、一笑に付されてしまうほど非現実的な話だったが、亜門はうんうんと律儀に頷いてくれた。

「成程。潰れそうだった書店を再興したい——ということですか」

「少しずつ前進しているとは思うんですけど、まだまだ頑張れると思うんですよね。それで、色んなお店の様子を見て、ヒントを得ようとしているんですけど」

「ヨモギ君は、努力家ですな」

亜門は、ヨモギを手放しに誉める。

「ぼ、僕は、人を助けるために遣わされたようなものですから……」

「それが、貴方の存在意義だ、と」

「そういうことですね」

ヨモギは深々と頷く。

「私は、経営面はサッパリでしてな。偶に、我が親友に怒られておりまして」

「えっ、亜門さんを怒る人がいるんですか？」

どんな大物だろう、とヨモギは目を丸くする。

「まあ、怒るというよりも、忠告に近いですな。私はどうも、庶民的な価値観を把握出来ていないようで、彼によく鞭撻して貰うのです」

親友とやらのことを語る亜門は、何処か楽しそうであった。

ヨモギも、その親友に会ってみたいと思う。亜門とふたりでいるところを、見てみたかった。

「……いいですね、そういうの」

「ヨモギ君は、ご友人はいらっしゃるのですか？」

「長年、兄とお爺さんとしか交流がなくて。お爺さんは、友人というよりも家族みたいですし」

そう言ったヨモギの脳裏に、千牧の顔が思い浮かんだ。そして、菖蒲の顔も。

彼らこそ、自由な身体になってから得た友人なのかもしれない。何なら、火車もそう言えるかもしれない。

「いらっしゃるようですな」

亜門は、微笑ましげにヨモギを見つめた。

「えっ、心を読んだ⁉」

「そう言わんばかりの顔をしていたからですな」

ぎょっとするヨモギの言葉を、亜門はサラリと訂正した。

そうしているうちに、ふたりのもとにブレンドコーヒーが運ばれてくる。亜門の「どうぞ」という声に促され、ヨモギはブラックの状態で、恐る恐る一口含んでみた。

「にがっ」

「おや……」

あまりの苦さに、思わず狐の耳を飛び出させてしまったので、ヨモギは慌てて耳を押し込める。幸い、フサフサの耳はすぐに引っ込んだ。

「失礼しました……」

「いいえ。大丈夫ですか？」

亜門は心配そうだ。ヨモギは、何とかこくこくと頷いた。

「まさか、お耳がはみ出すとは思いませんでした」

「未熟なもので……」

ヨモギは、穴があったら入りたいという心地であった。

しかし、狐の耳が飛び出しても平静でいるとは、流石は魔法使いである。ヨモギは、亜門の冷静さに救われたと思いながら、ブレンドコーヒーにシュガーをぽちゃぽちゃと入れた。

「こんなものでいいかな……」

ヨモギは、シュガーを入れたブレンドコーヒーをかき混ぜると、恐る恐る口に含む。

「あっ、いい感じ……！」

ヨモギは目を輝かせる。

「お気に召す味を見つけられて良かったです」と亜門もまた嬉しそうだ。

「自分に合う味を手探りで見つけていくのはいいですね。これも、珈琲の醍醐味(だいごみ)なんでしょうか？」

「ええ、そうですな。先ほど申し上げましたように、店によってブレンドコーヒーの味は異なります。豆や淹(い)れ方によっても変わりますからな。是非、他のお店でもお試しください」

「豆……ですか」

ヨモギは目をぱちくりさせる。

「はい。豆の産地も様々なのです。ブラジルやコロンビアなどが主ですが」

「海の向こうのことはサッパリなので、興味がありますね」

生まれも育ちも日本のヨモギは、この珈琲を抽出した豆は何処から来たのだろうと、興味津々でブレンドコーヒーを見つめる。

「亜門さんは、どちらのご出身なんですか？」

日本の名前を持っているとはいえ、この異国情緒溢(あふ)れる紳士が日本の生まれだとは考え難(にく)かった。

容姿だけではない。ヨモギにとって、嗅(か)ぎ慣れないにおいをまとっていたからだ。

亜門は、少し躊躇(ためら)うような間を置いてから、こう答えた。

「海の向こうの更に向こう——遥(はる)か彼方(かなた)からです」

「そう……ですか」

きっと、深入りしてはいけないんだろうな。

ヨモギはそう察すると、それ以上、亜門に尋ねることはなかった。

「個性豊かな神々がいる国です。と申し上げましても、日本の神々もなかなか個性的ですが」

亜門は穏やかに微笑む。ヨモギもまた、「そうですね」とつられて笑った。

「因みに、ヨモギ君はどのような本をお読みになられるのですか？」

亜門が話題を変えると、ヨモギもまた、それに乗る。

「えっと、お恥ずかしながら、最近になって本格的に読み始めたんですけど……」

ヨモギは、水樹流星が書いた『星間宅配便』の話をする。

すると、亜門は途端に目を輝かせ、「ほうほう、それで？」と前のめりになって話を聞き出したではないか。

亜門の喰いつきっぷりに気圧されながらも、ヨモギは簡単なあらすじと感想を伝えた。

「――という感じで、一冊で宇宙旅行と冒険が出来るいい本だったなと思いました。一年前に出た本なので、この近くの新刊書店にもありそうですよね。お薦めなので、是非……」

「素晴らしい！」

亜門はバリトンの声を響かせ、立ち上がって拍手をしながら賞賛した。

「!?」

ヨモギは目を剝いて驚き、周りの客や店員も目を丸くしていた。亜門は一頻(ひとしき)り拍手をすると、「失礼しました」と周囲に非礼を詫(わ)びてから着席した。

「いやはや、完璧(かんぺき)なプレゼンですな。是非とも購入させて頂きましょう。十冊ほど」

「多いです!?」

「多少、売り上げに貢献できればと思いましてな」

「十冊は多少ではないのでは……」

更に気が乗ればパトロンになると言い出しかねない雰囲気に、早速、庶民感覚のなさを実感してしまった。

「まあ、そんな感じで、似たような作品をついつい探しちゃいますね。『星間宅配便』が発売された時に、有名な小説家さんの新刊にあらすじが似てるって難癖をつけられちゃったらしいんですけど、そっちも読んでみたら、全然違いましたし」

有名作家の方は、宇宙戦争ものだった。迫ってくるような文章と、怒濤(どとう)の展開に目を見張ったが、ヨモギには少し刺激的で、合わなかったのである。

「ヨモギ君が好むのは、幻想小説寄りなのですな」

「そうですね。宇宙船の構造がどうのとか戦略がどうのというよりは、宇宙の広大さと綺(き)

麗さを感じたいっていうか」

「成程、興味深いですな。幻想の者なのに作られた幻想に惹かれるのが不思議と捉えるか、幻想の者だからこそ作られた幻想に惹かれるのか……」

亜門は、己に問いかけるように呟いた。

「亜門さんは、どういった本を？」

「小説であれば、割と何でも読んでしまいますな。やはり、古典文学が一番落ち着きますが」

「古典っていうと、『源氏物語』とか……」

「日本の古典で思い浮かぶのは、そういった話ですな。しかし私は、作者が亡くなっても尚生きている文学を、古典文学に含めてしまってもよいと思うのです」

「それじゃあ、『吾輩は猫である』とか『人間失格』とかも？」

「ええ」と亜門は頷いた。

「でも、どっちにしても渋いですよね。珈琲を飲みながら古典を読むなんて、ダンディだなぁ……」

ヨモギは、尊敬の眼差しで亜門を見つめる。

「作者が亡くなっても尚、読まれている物語というのは、読み続けられている理由があるものです。そこから学べることも多いということですな」

「亜門さんでも、何かを学ぼうと思う時があるんですか？」

亜門は、見た目よりもはるかに長い人生を生きているようにも見えた。下手をすれば、古典と呼ばれる本の著者よりも古い時代を知っているようにも感じた。

ヨモギの問いに、亜門はふと困ったように笑った。

「ええ。何年生きても、分からないことは沢山（たくさん）あります。特に、人は感情豊かで繊細な存在ですからな。本を通して人の人生を学んでいると言っても過言ではありません」

「そう……なんですか」

亜門の話には、実感がこもっていた。今まで、彼は他人とどんなドラマを紡いで来たのだろうか。

（僕も、古典は押さえておこう）

確か、きつね堂の棚に並んでいたはずだ。

むしろ、お爺さんの本棚にずらりとあったはずだ。ヨモギも人間に寄り添ってきたつもりだが、分からないことは沢山ある。人間に長く読まれている作品は、役に立つはずだ。

「亜門さんと話していると、色んな発見がありますね」

ヨモギは、ブレンドコーヒーを飲みながら言った。

「それは光栄ですな」と亜門も、珈琲を口にする。

「僕、一か所にずっと留（とど）まっていたから、世間知らずなんですよね。この近くを都電が走っていたことだって、お爺さんに言われるまで知らなかったんです」

ヨモギは、ちびちびと珈琲を飲みながら語り出した。

「あるのは、お稲荷（いなり）さんを介して得られた基本的な知識と、お爺さんがくれた知識だけなんです。今、王子や早稲田（わせだ）の辺りを走っているっていう都電だって、現物を見たことがないし……」

知識として、都電の形や概要は知っているけれど、現物の質感や空気感は分からない。写真を見ただけの知識と、何ら変わりがなかった。

「しかし、それならば、今から学ぶのが楽しみですな」

亜門がくれた前向きな発言に、ヨモギもまた深く頷いた。

「そうなんです。ものを知らな過ぎて恥ずかしい時もありますけれど、これから学ぶのは楽しそうだなって。僕が知らないことが、まだまだ沢山あるんだなと思って！」

ヨモギは思わず身を乗り出す。

そんなヨモギを、亜門が父親のような慈しみを湛（たた）えながら見つめ返したので、ヨモギは気恥ずかしくなって姿勢を正した。

「ま、まあ、お店の仕事もちゃんとやりますけど」

「そうですな。ヨモギ君の力を必要としている本が、まだまだこの世の中にはありますし。それに、出会いを求めているお客様もおりますからな。私のように」

亜門はそう言って、片目をつぶってみせた。

「そう、ですね。お爺さんのお店を再興するだけじゃなくて、人と本の出会いの場の一つになれればいいなと、最近特に思います。だから僕、もっともっと、色んな本に出会いたいです」

「ふふっ、書を売る者としても、本を貪る者としても、我々は仲間だということですな」

「えへへ……」

亜門が顔を綻ばせると、ヨモギは頬を緩めた。

「それにしても、都電が走っていた頃――ですか」

亜門は、急に遠い目をする。まるで、その風景を思い描くように。

「お爺さんが知っているくらいなので、手が届かないほど昔ってわけでもないんですよね。何処かに、写真が残っているかもしれませんが」

それこそ、昔懐かしの風景をまとめた本に掲載されているかもしれない。

「写真も良いのですが、この亜門、妙案が思い浮かびましたぞ」

「へ？」

悪戯っぽく微笑む亜門に、ヨモギは目を丸くする。

「この魔法使いの魔法、一つご覧になりませんか？　私の技術と貴方の魔力があれば、それも叶うはずです」

「魔力って、神通力のことですかね……？」

亜門は、ヨモギに珈琲の水面を覗き込むように促す。

ヨモギがそれに従ってカップの中を見つめると、見る見るうちに視界は珈琲の中に吸い込まれて行ったのであった。

喫茶店にいたはずが、いつの間にか外に出ているではないか。

ヨモギは、埃っぽい空気に目をぱちくりさせた。

「あ、あれ？」

広々とした、見晴らしのいい空がヨモギを迎える。ぼんやりとした青空の下は、何処か見覚えがある風景だった。

「交差点……？」

ヨモギの目の前にあったのは、レトロな自動車が行き交う交差点であった。その周辺は、ずらりと店が取り囲んでいた。

だが、電線が妙に多い気がする。広い空に張られた複雑な電線は、模様を描いているようにも見えた。

「ヨモギ君」

隣には、亜門が立っていた。帽子を被り、ステッキを片手に携えている姿は、英国紳士さながらだ。

「亜門さん、ここは⁉ 僕は、珈琲を飲んでいたはずじゃあ……」

まさか、狐なのに摘まれているのかと思いながら、ヨモギは慌てふためく。

すると、亜門は穏やかに微笑み、背後を振り返るよう促した。

「へっ？……あぁっ！」

ヨモギの背後に、見覚えがあるお店があった。

「廣文館書店！」

それは、神保町交差点の一角にある、レトロでそれほど大きくないながらも、どっしりとした風格を漂わせている書店だった。ヨモギも何回か、この書店の前を通り、中を覗いたことがある。

しかし、どうも様子が違う。お店が掲げる看板は、つい先日見かけたものと全く違っているし、お店の建物が新しくなったように見える。

しかも、周囲の店舗もまた、ヨモギが知っているお店ではなかった。チェーン店である飲食店は見当たらず、それどころか、地下鉄の入り口も見当たらない。

かと思えば、すぐそばには小ぢんまりとした交番があった。

交差点を見守るお巡りさんの前を、スーツ姿のビジネスマンや割烹着姿の女性が通り過ぎて行った。更には、着物姿の女性が何人かで連れ立って、お喋りをしながらヨモギの前を過ぎったではないか。

道路の様子も、どうもおかしい。

道路の真ん中が石畳になっていて、そこに、一対のレールのようなものが敷かれている。

「これは、もしかして……！」

ヨモギの予感を肯定するかのように、遠くから軽快なベルの音が聞こえる。

チン、チン、と。

「都電だ！」

ヨモギは、思わず狐の耳をぴんと飛び出させた。

軽快なベルの音を響かせながら、路面電車がやって来る。たった一両の小さな身体だが、自動車と並んで走る姿には、強い存在感があった。

レールの上を走り、停留所と思しき場所で止まったかと思うと、列を成して待っていたビジネスマンや着物姿の女性達が、ぞろぞろと入り込む。

全員が乗り込むと、路面電車はチン、チンとベルを響かせながら、ゆっくりと走り出した。

「そうか……。この電線、都電のための電線だったんだ」

複雑な電線は、都電のレールに沿って存在していた。そして、路面電車は、パンタグラフで電線を探るように走っていた。

「お気に召して頂けましたかな？」

「すごい！　これって、昔の風景ですよね！　亜門さんの妖術……じゃなかった、魔法なんですか？」

「ええ。ヨモギ君の魔力——いや、神通力をお借りして、この街の記憶から五十余年ほど前の風景を再生しているのです」

「すごい！　すごいです！」

ヨモギは興奮のあまり、ぴょんぴょんと跳ねる。興奮しすぎて、フサフサの尻尾が飛び出したことにも、気づかないほどだった。

靖国通りに並ぶお店を見ると、見知った書店の名前がチラホラと窺えた。しかし、新刊書店の建物はいずれもそれほど大きくなく、遠方に見える高いビルには、ヨモギが知らない銀行の名前が書かれた看板があった。

「こんな風景を、お爺さんは見ていたんですね……」

「この辺りにお住まいでしたら、そうかもしれませんな」

亜門は頷いた。

そんなふたりの前を、二人の若い男女が通り過ぎて行く。

二人とも穏やかに微笑みながら、会話に華を咲かせていた。何の話をしているのかと、ヨモギは耳をそばだてる。

するとどうやら、本の話のようだった。

二人の手には、本が携えられている。タイトルを見てみると、今は亡き作家の、今も読まれている本であった。

「あのお二人は、本がお好きなのですな。仲睦まじいのは良いことです」

亜門は二人を、微笑ましくも、少し哀愁が漂う瞳で見つめていた。彼自身、遠い日のことを思い出しているかのように。

一方、ヨモギは男性に見覚えがあるような気がした。

それは、きつね堂が出来てから毎日欠かさず見ていた顔にそっくりだった。年齢は若いけれど、あれは、きっと——。

「おじ……」

ヨモギが声を掛けようとした瞬間、風景が揺らぐ。

思わず手を伸ばすが、それは届かない。全ては、淹れたての珈琲から漂う湯気のようにゆらゆらと揺れながら、虚空へと消えて行った。

「はっ……！」

現実に戻ったヨモギを迎えたのは、レトロな喫茶店の店内だった。

「お帰りなさい、ヨモギ君」

「ただいま……です」

穏やかな微笑みを浮かべる亜門に、ヨモギは目をぱちくりさせながら答える。妙に現実感がなく、足元がふわふわしていた。

「なんか、凄く長い夢を見ていたような……」

「少々刺激が強過ぎましたか。申し訳ありません」

亜門の謝罪に、ヨモギは首を激しく横に振った。

「いえいえ！　凄く良かったです！　見たかった風景が見られましたし！」

「喜んで頂けて何よりです」

亜門は安堵したように微笑むと、残っていた珈琲を飲み干した。

「都電、カッコよかったですね。小さな身体でお客さんをいっぱい乗せて、懸命に走っている姿に、心が打たれました」

「まるで、ヨモギ君のようですな」

「はっ、なんと……！」

ヨモギもまた、小さな身体でめいっぱい頑張っている。ヨモギは、知らず知らずのうちに都電と自分を重ねていたらしい。

「それにしても、神保町の書店って凄いんですね。あの時代にはもう、あったなんて」

「ええ。私も昔から利用させて頂いているお店が幾つもありましてな」

「でも、昔から通っていたら、顔を覚えられちゃうんじゃないんですか？」

ヨモギは、素朴な疑問を口にする。すると、亜門は紙袋の中に入れていた帽子を取り出し、目深に被ってみせた。

「こうしていると、存外ばれないものです」

「そう……ですかね」

確かに、顔こそは隠れるが、高い背丈とバリトンの声は隠せない。もしかしたら、神保町のお店の間で、何十年経(た)っても老けない紳士が客としてやってくるという都市伝説が囁(ささや)かれているかもしれない。

それから、亜門はヨモギに昔の神保町について教えてくれた。

ヨモギはそれを聞きながら、残った珈琲をゆっくりと飲み干したのであった。

「今日はすっかりご馳走(ちそう)になっちゃいましたね」

有り難う御座いました、とヨモギは律儀に亜門に頭を下げる。

ふたりは喫茶店を後にし、路地裏を出た。

「古典文学について、ちょっと考えたんですけど」

ヨモギが語り出すと、「はい」と亜門は相槌を打って耳を傾ける。

「昔から読まれている物語を読むのって、勉強にもなると思うんですけど、他にも意味があると思うんです」

「ほほう?」

「昔から読まれているっていうことは、世代を超えて受け継がれているっていうことじゃないですか。ということは、その本の読者になることで、色んな世代と繋がることが出来るのかなって」

百年読まれている物語ならば、百歳近い老人も、三十路手前の若者も、未来に向かって羽ばたこうとしている学生達も人生のどこかで出会うかもしれない。その本を読むことで、共通の話題が出来、その物語について語り合うことが出来るのではないだろうか。

そうすることで、世代によって見方が違ったり、世代は違っても同じ見方をしているところもあったりということを発見出来、世界が広がるのではないだろうか。

目を輝かせてそう語るヨモギの頭に、亜門はそっと触れた。

「わっ……」

ヨモギは、ビックリして狐の耳を飛び出させそうになるのを、何とか堪える。亜門の手のひらは大きく、温かかった。

「ええ。本はそういう縁を繋ぐことも出来ますな。ヨモギ君とも、次は共通の話題を語りたいものです」

お薦めの本も読んでおかなくては、と亜門は微笑む。ヨモギもまた、亜門に微笑み返した。

「それにしても、ヨモギ君が紹介して下さった本を買い逃していたのは、一生の不覚ですな。この亜門、数千年の人生を以ってしても償い切れません」

「えっ、長っ！　亜門さんの人生、僕が思ってたよりも長いです！」

何処から何処までが本当かは定かではないが、ヨモギが思うに、亜門は不誠実な人物には見えない。全部本当かもしれなかった。

そんな馬鹿なと思わないわけではなかったが、ヨモギ自身、もともとは石像だったのが少年の姿をして動き回っているという『そんな馬鹿な』の化身なので、亜門の正体がなんであれ、受け入れようと思っていた。

「やはり、ヨモギ君のお店を一度見ておくべきですな。案内して頂けませんか？」

「僕のお店じゃなくて、お爺さんのお店ですけど……」

案内は喜んで、とヨモギは意気込む。

ヨモギは亜門とともに、千牧とお爺さんが待つきつね堂へと向かった。

きつね堂にて、亜門が買い逃したという理由で他の本も大量に購入し、千牧もお爺さんも、ヨモギ自身をも驚かせたのは、また別の話。

本書はハルキ文庫の書き下ろし作品です。

ハルキ文庫

稲荷書店きつね堂 犬神書店員来たる

著者 蒼月海里

2020年3月18日第一刷発行

発行者 角川春樹

発行所 株式会社角川春樹事務所
〒102-0074 東京都千代田区九段南2-1-30 イタリア文化会館

電話 03(3263)5247(編集)
03(3263)5881(営業)

印刷・製本 中央精版印刷株式会社

フォーマット・デザイン 芦澤泰偉
表紙イラストレーション 門坂 流

ISBN978-4-7584-4325-8 C0193 ©2020 Kairi Aotsuki Printed in Japan
http://www.kadokawaharuki.co.jp/[営業]
fanmail@kadokawaharuki.co.jp[編集] ご意見・ご感想をお寄せください。